東野圭吾

預知夢

KEIGO HIGASHINO

王蘊潔——譯

導讀——

他筆下的預知夢，與他無法預知的夢

英國與加拿大犯罪作家協會PA會員 **提子墨**

假如時光可以倒流三十五年，讓我們穿越時空去預告年僅二十七歲的東野圭吾——

「你將會在進入二十一世紀前夕鹹魚大翻身，陸續奪得多項推理榮譽大賞，作品還會被改編成漫畫、電影、電視劇或舞台劇！知名度也將紅遍日韓中港台和華人地區，賣出韓文、繁／簡中文、英文與歐洲語言的版權，就連得獎小說也會被歐美改編成電影，成為作家富豪榜上名利雙收的推理小說作家喔！」

他或許不會相信我們的預知夢。

因為，在他三度問鼎江戶川亂步獎，終於以校園推理小說《放學後》奪冠，就毅然決然辭去日本電裝的工程師職務，才新婚第三年就奔赴東京，雄心壯志展開了職業作家的生涯！那也是東野圭吾最慘澹的第一個十年，在競爭激烈的日本推理文壇中，如果作品上架後沒有登上任何推理小說排行榜，或創下亮眼的暢銷成績，理所當然就只能沒沒無聞備受冷落的存在。

在銷售量掛帥的大環境中，也造就了東野圭吾不斷嘗試各種推理類型與題材，從早期入行時的校園推理到擅長的寫實本格派，一路摸索著能夠突破推理窠臼的新方向，讓一起起的謀殺案不再只是仇殺、情殺或獵奇，而是有著感人肺腑的人性掙扎，令人動容的身不由己，或是讓讀者們耳目一新的另類探案模式。

就在東野圭吾求新求變的信念下，竟然破除了那個十年魔咒！一九九六年，以天下一大五郎為主角的《名偵探的守則》上市後，終於榮登暢銷書榜，自此之後，他的知名度也瞬間扶搖直上！

就在開運後的第二年，他創造出筆下最經典的理科破案天才《偵探伽利略》！男主角湯川學是一位「被動式探案」的非典型偵探，他是帝都大學的物理系副教授，擁有敏銳的觀察力與洞悉邏輯的天才頭腦，除了自身相關的理化學識也對雜學有所研究。他的探案動機並非嫉惡如仇或破案壓力，單純只是科學家企圖以物理科學實驗，來辯證世間所有謎團的研究者精神。

而《預知夢》是以湯川學為主角的續作，延續了《偵探伽利略》短篇推理小說合集的型式，匯集了五篇主題環繞於預知未來與靈異現象的探案作品。這一次警視廳警察草薙俊平所經手的五起案件，全都充滿了不可思議的超自然現象，苦惱的他不得已再度回到帝都大學，尋求老同窗湯川學協助調查！

當我重讀「偵探伽利略系列」二十周年《預知夢》的新譯版時，又比年少時首次閱讀所體會的更加深刻，東野圭吾以神秘的超自然奇蹟層層疊疊包紮起每一個謎團的核心，再由湯川學以物理科學的實驗，去辯證命案詭計中的科普理論。

就在謎底呼之欲出的同時，作者所意圖讓我們人領悟與反思的，其實是每一位道貌岸然的角色，內心底層所隱藏的那一片最不為人知的黑暗面，美女面具下的黑暗面、懦弱敗家子的黑暗面、平凡家庭主婦的黑暗面……或是所有貪婪者與偷腥者在得逞之際，所帶給另一個人或另一個家庭的黑暗。

目錄

contents

第一章

夢想

1

豪宅周圍築著紅磚圍牆，但翻越圍牆輕而易舉。男人開車前來，那是父母開的水電行用的小貨車，只要站上貨台，就可以輕鬆攀上圍牆，他毫不猶豫地翻牆而入。

整棟豪宅的佔地面積很大，房子也很大，他並不知道房子的格局，只知道禮美房間所在的位置，但這樣就足夠了。

所有房間都熄了燈，只有微微照亮庭院的夜明燈還亮著。男人避開了夜明燈的淡淡燈光移動，來到豪宅的南側。這裡也有一個庭院，庭院的地上鋪著草皮，角落掛了一張練習高爾夫用的球網。想必屋主喜歡打高爾夫。這棟房子的主人——就是禮美的父親。

牆邊放了一個戶外儲藏屋，儲藏屋很高，滑雪板應該也可以輕鬆放進去。

男人站在儲藏屋旁，抬頭看著房子。上方就是陽台，只要爬上陽台，就可以見到禮美。

他雙手抓住儲藏屋的屋頂，用引體向上的要領把身體向上一拉，腳一伸，踩在屋頂上。雖然發出了金屬擠壓的聲音，但聲音並不至於太大。

站在屋頂上，陽台就在眼前，男人不由得激動起來，不知道禮美此刻在窗戶內做什麼。

男人抓住了陽台的欄杆，像猴子一樣懸吊在那裡，把腳踩在固定雨水排水管的金屬夾上，爬上了陽台。他以前曾經練過器械體操，沒想到相隔數年，竟然在這種時候派上了用場。

他看向房間的方向，窗簾拉得密密實實。

他把手伸向落地窗，輕輕一推就打開了。他鬆了一口氣，禮美，妳果然在等我——

他把窗戶打開幾十公分，脫下鞋子，鑽過窗簾進入房間。可以隔著襪子感受到腳下的地毯，他忍不住感動不已，我終於來到禮美的房間了。

他巡視室內。房間大約有五坪大，在昏暗的光線中，可以看到書架、書桌櫃和直立式鋼琴。

他的雙眼捕捉到房間內的小型雙人床。他夢想中的女生正在柔軟的被子中熟睡。

不對。他忍不住想道。

不知道她是不是真的睡著了，也許她發現我來了，雖然發現了，但假裝睡著。

他向床的方向走了一、兩步，聞到了好像鮮花般的香氣，他忍不住神魂蕩漾，感覺到自己終於來到心中的女神身旁。

禮美閉著眼睛，她太美了，即使在黑暗中，也可以清楚瞭解她的美麗，他感覺到自己的心潮澎湃。

他伸出右手，想要撫摸她的臉龐。因為他相信，只要撫摸她的臉龐，一切就會開始。她會醒來，看到他之後嫣然一笑說，你果然來了——

正當他的指尖即將觸摸到她的臉頰時，他察覺到動靜，轉頭看向後方時，發現門打開了，有人站在那裡。

「馬上離開禮美！」那個人用激烈的語氣說道，而且手上拿了什麼東西。他看到了長槍的槍身發出黑色的光。

他慌忙離開床邊，看到對方舉起了槍。

他衝去陽台，然後跳到戶外儲藏屋上。同時聽到了槍聲，窗戶玻璃在他身後碎落一地。

玻璃碎片打到他身上，他在心中大喊：「禮美，為什麼會這樣？」

2

他嘴上叼著菸，用火柴點了火，打算把火柴梗丟進菸灰缸時，忍不住停下了手，因為菸灰缸裡已經有一支點燃的菸，而且才抽了不到一公分。草薙俊平這才想起那是自己一分鐘前放在那裡的菸。

坐在旁邊的牧田呵呵笑了起來。

「草薙哥，看來你真的很累。」

草薙把菸灰缸裡的那支菸捺熄了。

「其實身體並沒有很累，但總覺得提不起勁，懷疑自己到底在幹嘛，自己在做的事情到底有沒有意義。」

「我也和你一樣。」牧田拿起咖啡喝了起來，「但這也是工作的一部分。」

「真羨慕你，真是豁達啊，我可說不出這種話。」

「是嗎？」

「我告訴你一句至理名言，」草薙把臉湊向牧田，「因為你當刑警的資歷還淺，才能這麼豁達。在這個行業越久，人都會出毛病，你看股長就知道了。」

牧田噗哧笑了起來。

「草薙哥，你也出毛病了嗎？」

「對啊，早就出毛病了，如果不趕快調動，就無法更生重回社會了。」

服務生剛好經過，草薙要求她加水。服務生露出有點訝異的表情，因為他的咖啡完全沒喝，一直要求加水。

草薙向來認為，只要咖啡杯裡還有咖啡，即使在咖啡店坐再久，店家也不可以趕人，因為他正在等的人可能會讓他在這裡坐很久。

「啊，是不是那個人？」牧田指著咖啡店門口問。

一個身穿ＰＯＬＯ衫和牛仔褲的男人正走進咖啡店，腋下夾了一個皮包。雖然才二十七歲，但也許是因為三七分髮型的關係，看起來算是穩重。

男人巡視店內後，視線停在草薙他們身上。因為店裡的其他客人不是帶著孩子的客人就是情侶，還有一群高中生，看起來都不像刑警。

「請問是中本先生嗎？」草薙問走過來的男人。

「我是。」男人點了點頭，他看起來有點緊張，也許是因為面對刑警的關係。

「我是打電話給你的草薙，他是我的同事牧田，也是刑警。不好意思，打擾你的假日。」草薙起身鞠躬說道，今天是星期六。

「沒關係，我剛好要出門，順便繞過來而已。」中本說完，坐了下來。服務生走過來，他點了咖啡。

「你要去練習高爾夫嗎？」

草薙問，中本露出一臉被說中的表情。

「你怎麼知道？」

「看你的左手就知道了，你的右手曬得很黑，但左手幾乎都沒有曬黑，所以我猜想你應該經常打高爾夫。」

「原來是這樣，我妹妹常說這樣很難看。」中本把左手藏在桌子下，靦腆地笑了笑，此舉似乎緩和了他的緊張。

「你的家人知道你來和我們見面嗎？」

「我沒說，如果告訴他們，以前的同學犯了案，我要為了這件事和刑警見面，他們會產生不必要的擔心。」

「也許吧。」草薙點了點頭，「我在電話中也說了，絕對不會給你添麻煩，我們只是想看一下那樣東西。」

「嗯，我知道，所以我帶來了。」中本把皮包放在腿上，從裡面拿出一本畢業紀念冊放在桌上，「請隨便看，他寫的那一頁我已經貼了標籤。」

「謝謝，那我就來看一下。」草薙拿起畢業紀念冊。

那是一本看起來有點陳舊的畢業紀念冊，精裝的封面是格子圖案。雖然草薙對其他人寫的內容也有點好奇，但還是最先翻開貼了黃色標籤的那一頁。

「喔！」他忍不住驚叫起來，「畫得真漂亮。」

那一頁用色鉛筆畫了一個娃娃，那是一個少女娃娃，從栗色的頭髮和藍色眼珠判斷，應該是外國娃娃。娃娃穿著下襬鑲了白色飄逸布料的紅色洋裝，鞋子也是紅色，但襪子是白色。

娃娃旁用簽字筆寫著『上國中後也請多指教！坂木信彥』，但最吸引草薙的是角落畫了一個小三角形、代表永遠相親相愛的相合傘，傘下的左右兩側分別寫了坂木信彥和森崎禮美的名字。

「的確有。」草薙把畢業紀念冊攤在桌上，指著相合傘的圖案說，「就在這裡。」

「對不對？」中本笑著回答。他的笑容很複雜。

「你有沒有問過他，這個人是誰？」

「他說是他未來的女朋友，不管誰問他，他都這麼回答。因為我們周圍沒有人叫這個名字，甚至沒有人認識姓森崎的女生，所以我以為是他杜撰的名字。」

「這真的是他在小學六年級的時候寫的嗎？」

「沒錯，快畢業時，我找大家幫我簽名留念。」

「之後這本紀念冊都放在哪裡？」

「一直放在壁櫥的紙箱裡，為了找這本紀念冊，我還順便整理了一下壁櫥。」

咖啡送了上來，中本津津有味地喝了一口黑咖啡。

「請問你和嫌犯坂木只有那段時間很要好嗎？」

「我和他稱不上要好，我們只是小學五年級和六年級時同班而已，國中後從來沒有同班，高中也讀不同的學校，所以國中畢業之後就沒再見過面。」

「那可不可以請你根據那兩年的記憶，說說他當時是怎樣的小孩？」

「我記不太清楚了，只是很清楚記得關於未來女朋友的事。說白了，他是個怪胎，很少和大家一起玩，我出了校門之後，就不會和他見面了。」

「他有沒有遭到霸凌？或是有點自閉傾向？」

「要怎麼說呢？」中本苦笑著，「按照現在的說法，可能也有這種事，只是當時並沒有意識到這個問題。」

「我想也是。」草薙只能這麼回答。

草薙看向牧田，用眼神問他是否有什麼疑問。這名後輩刑警搖了搖頭，用眼神回答，眼前這種局面，我能問什麼問題？

「呃，」中本開了口，「我看了報紙，那是真的嗎？坂木闖入的那戶人家真的姓森崎，那個女兒的名字——」

「請等一下，」草薙伸出手掌制止，「我猜想你想問很多問題，但在案子偵結之前，偵查無法公開。」

「啊……喔，是這樣啊。」

中本抓了抓頭。

「這個可以暫時借用一下嗎？」草薙闔起紀念冊問道。

「好，沒問題。」

「不好意思，等我們確認完畢，就會馬上歸還。」

「沒關係，反正不是什麼重要的東西。」中本說完，又喝了一口咖啡。

走出咖啡店後，草薙把紀念冊交給牧田。

「你先把這個帶回搜查總部，之前不是從坂木老家扣押了他小時候的筆記本或是隨手寫的東西嗎？要比對一下筆跡。即使不用我說，應該也會有人要求你這麼做。」

「草薙哥，你等一下要去哪裡？」

「我要去一個地方。」

「去一個地方？股長又會有意見了。」牧田笑嘻嘻地說。

「你告訴他，我去找伽利略，他就會閉嘴了。」

「喔，原來是湯川老師那裡。」牧田恍然大悟地點了點頭，「我知道了。」

「他又要笑我對理科一竅不通了，真是煩透了。」

「請你轉告湯川老師，我很期待他的表現。」牧田說完，走向車站的方向。

3

那是一個星期前發生的事，警視廳接獲消息，發生了一起肇事逃逸事件。但在仔細調查後，發現並不是單純的車禍，嫌犯在發生車禍前，闖入了離肇事逃逸現場走路幾分鐘距離的豪宅。

那戶人家姓森崎，屋主是一家專賣進口商品的公司老闆森崎敏夫，和妻子由美子、目前就讀女子高中的獨生女兒禮美三個人住在那裡。在案發當天晚上，森崎敏夫出差去了新加坡。

根據由美子的證詞，在深夜兩點左右，她聽到動靜後醒來。她豎起耳朵，聽到有人在陽台上的動靜，二樓三個房間的陽台連在一起，禮美的房間就在他們夫妻臥室旁。

她聽到落地窗打開的聲音，察覺到有人闖入了女兒的房間，於是她毫不猶豫地把手伸進了床底。

因為床底藏了一把獵槍。

那是森崎敏夫的獵槍。他在大學時參加了射擊社，畢業之後仍然喜歡打獵。這把獵槍當然不是隨時都放在床底下，但在敏夫長期出差時，由美子都習慣這麼做。敏夫教了她簡單的使用方法，以防發生意外狀況時可以自我防衛，她也忠實地遵守了丈夫的指示。

她舉著獵槍走進禮美的房間，發現一個男人站在床邊，正準備對禮美動手。由美子在情急之下大叫一聲，男人聽到聲音後慌忙逃走，由美子扣下了獵槍的扳機，但那時候男人已經從陽台跳了下去。

男人開著小貨車前來，在開車逃逸的路上撞到了附近的居民。

警方很快逮捕了嫌犯。嫌犯是住在江東區的二十七歲男子坂木信彥，在家裡開的水電行幫忙，小貨車是店裡的生財工具。

這兩個多月來，坂木一直糾纏森崎禮美。當警方問禮美有什麼線索時，禮美立刻說出了他的名字，於是馬上知道了坂木的住址。因為他寫了好幾封信給禮美，信上留了住址。搜查總部運氣很好，雖然禮美幾乎把所有的信都丟掉了，但還留了一封。

偵查員立刻前往坂木家，坂木躲在家裡，他可能知道自己逃不過了，當偵查員質問他時，他立刻坦承犯案。

這是一起簡單的事件——當時，所有人都這麼想。

草薙在和牧田分手約三十分鐘後，開著自己的車子進入帝都大學的校門，把車子停在校園最深處的停車場後，走進老舊的校舍。那是理工學院物理系的校舍，第十三研究室位在三樓。

他走上樓梯，走向研究室時，不知道哪裡傳來口令的聲音。好像叫著「一、二，一、二」，而且聲音來自第十三研究室。

草薙納悶地偏著頭，敲了敲門，門內沒有任何反應。正確地說，敲門的聲音被口令聲淹沒了。

他打開門，看到了難以置信的景象。研究室內的桌椅都移到了牆邊，許多學生正在中央拔河，兩隊的學生總數超過二十多人。

湯川學就在眼前。他穿著白袍坐在鐵管椅上，正看著學生拔河。

草薙看著右側的隊伍贏了，所有人似乎都累壞了，也有人用力喘息，肩膀上下起伏著。

草薙拍了拍湯川的肩膀。年輕的副教授轉過頭，露齒一笑，向他打招呼：「嗨！」

「你們在幹嘛？」

「不是一看就知道了嗎？在拔河啊。」

「這我當然知道，為什麼要拔河？」

「這是簡單的物理實驗，名為拔河必勝法。」

「啊？」

「好！」湯川拍著手站了起來，「因為有客人上門，所以再比賽一次，大家排好，把繩子拿好。」

「啊？還要再一次喔。」學生嘟囔著，但還是拿起了繩子就定位。

湯川轉頭看著草薙問：「機會難得，我們來玩遊戲，你猜猜哪一隊會贏？」

「啊？這太難猜了。」

「就憑直覺和經驗猜一下。」

「好吧。」草薙比較著兩個隊伍，發現學生的體格都差不多，但他想起剛才的比賽結果，指著右側的隊伍說：「那我猜這一隊會贏。」

「OK，如果他們贏了，我就請所有人喝果汁，但如果他們輸了，你就要請贏的隊伍喝果汁。」

「好啊，沒問題。」

「你對他們有什麼建議嗎？」

「建議？」

「對啊。比方說，腳要張開，身體要向後仰之類的。」

「喔，有道理。」草薙看著學生思考著，他想起以前在運動會拔河時班導師提醒他們的事，「首先，最重要的是要把重心壓低。」

「喔，要把重心壓低啊。」湯川抱著雙臂，語帶佩服地說。

「對，重心壓低，雙腳用力站穩很重要，如果只是直直地站著，沒辦法用力向後拉。」

「原來是這樣，那你來示範一下，重心要壓到多低才行。」

草薙蹲了下來，屁股幾乎碰到了地板，然後做出拔河的動作。

「各位同學，你們看到了嗎？你們要按照他示範的動作拔河，千萬不要不理會他的建議。好，現在就壓低重心，把繩子拿起來。」

右側那一隊的選手聽了湯川的話，苦笑著遵從了他的指示。草薙覺得他們看起來有點無奈。

「那你對另一隊有什麼建議？」湯川問。

「沒有特別的建議，隨他們高興。」

「那就讓他們按照你剛才提到的不正確姿勢來拔河。」

湯川要求左側隊伍的學生站得比較直，草薙覺得他們站得很不穩，覺得勝負已經很明顯。

「好，比賽開始了，雙方都做好準備。各就各位……一、二、三，開始！」

隨著湯川一聲令下，比賽開始了。雙方隊伍都卯足了全力，令人意外的是，右側的隊伍很快就慢慢被拉著向前移動。

「壓低重心，壓低重心。」草薙大聲發出指示。他的聲援無法奏效，右側的隊伍很快就輸了。

湯川轉過頭笑著說：「別忘了請果汁。」

「一定是你唆使他們故意輸的。」

「你這麼認為嗎？」

「難道不是嗎？」

「那我問你，你為什麼認為壓低重心比較好？」

「因為這樣比較穩啊，站穩了之後，就不容易被拉走。」

沒想到湯川搖了搖頭。

「剛好相反，拔河的時候，重心比較高，反而更不容易被拉走。」

「怎麼可能？」

「你可以想一想，拉位在低處的東西時，不是比拉在高處的東西時，雙腳更用力踩在地上嗎？專業的說法稱為正向力增加，因此導致最大摩擦力增加，也就是不容易被拉走。如果對方的重心高度不變，只要提高自己的重心高度就解決了，你聽得懂嗎？」湯川問。

草薙在腦袋裡回想著湯川說的話，但只覺得有點頭痛，他搖了搖頭說：「我又不打算參加運動會。」

湯川無聲地笑了起來，用力拍了一下草薙的肩膀，看著學生說：「你們把這裡整理一下，我去為他上一堂物理課。」

4

「也許稱不上是什麼大案子，凶手已經抓到了，而且也坦承不諱，證據也齊全，目前已經掌握了所有必要的東西。」草薙靠在屋頂的鐵網上說道。

「那不是很好嗎？很少有這種情況吧？你應該坦誠地為這次的幸運感到高興。」

湯川用放在角落的軟式網球和球拍，對著牆壁打了起來。他之前是羽毛球社的王牌選手，所以對球拍運用自如，打得很不錯，球幾乎都打在牆上的相同位置。

「只是有一件事讓人不滿意。」草薙說。

「什麼事？」

「動機。」

「動機？」湯川停止揮拍，彈回來的球滾到一旁。「我搞不懂，為什麼動機有問題？歹徒的目的就是在夢寐以求的女生身上滿足自己的獸慾——這不是很合理嗎？」

「的確沒錯，但問題在於凶手為什麼會找上那個女生。首先，那個女生名叫森崎禮美。」

「我對名字沒有興趣。」

「不，在這起事件中，名字極其重要，據說歹徒坂木信彥這兩個月來，一直對森崎禮美糾纏，原因就在於她的名字。」

「剛好和以前甩了他的前女友同名同姓嗎？」

「雖不中，亦不遠。歹徒坂木信彥這麼說，她和自己命中注定要在一起，而且十七年前就已經決定了——」

湯川聽了草薙的話，張大嘴巴笑了起來。

「這不是很老套的把妹招數嗎？妳和我命中注定要在一起，我們無法違抗命運的安排，沒想到現在還有人說這種老掉牙的話。」

「我們一開始也一笑置之，但在聽他說了來龍去脈後，就漸漸笑不出來了。」草薙從上衣口袋裡拿出一張照片遞給湯川。

「這是什麼？」湯川看了照片後皺起眉頭，「好像是作文的一部分。」

「那是坂木在小學四年級時寫的作文，作文題目是『我的夢』，上面寫到他夢見了自己將來結婚的女生。那個女生名叫Morisaki Remi，你仔細看照片，上面不是寫了森崎禮美的讀音Morisaki Remi嗎？」

「看起來的確是這樣。」湯川點了點頭，收起了臉上的笑容。

「我們也向他的家人確認過了，他的家人證實的確有這麼一回事，他從小就一直說，自己長大之後要和一個名叫森崎禮美的女生結婚。除了這篇作文以外，還有其他證據證實了這件事，我剛才也和他的小學同學見了面，那個同學也說，坂木並沒有說謊。」

草薙也說了畢業紀念冊的事，湯川拿著球拍，抱著雙臂。

「到二十七歲都一直對當年的夢念念不忘簡直太異常了，而且又遇到名字完全相同的女生。」

「他好像在一個偶然的機會得知有一個女高中生名叫森崎禮美，之後就一發不可收拾，又是打電話，又是寫信，還在她放學時去等她。森崎禮美很害怕，最近都不敢出門。」

「所以他是跟蹤狂？」

「有些人完全沒有意識到自己被人討厭，所以很棘手。按照坂木的說法，森崎禮美還是小孩子，所以打算守護她，直到她長大。」

「真受不了。」湯川搖著頭，「所以對雙方來說，都是不幸的巧合。」

「問題就在這裡，你覺得會有這種巧合嗎？」

「你是說，會不會有在十七年後，遇到和自己小時候夢見的女生相同名字的女生這種巧合嗎？」

「當然是啊。」

「應該有吧。」湯川回答得很乾脆，「而且也實際發生了，這也是無可奈何的事。」

「問題是森崎禮美，如果是山本吉子之類的名字，或許是巧合。森崎禮美——這種名字會是巧合嗎？」

「如果不是巧合，那又是什麼？」

「不知道，所以我才在煩惱啊。」

「喂，你該不會要我為你解開這個謎團吧？」

「你說對了。」草薙把手放在湯川的肩上，盡可能露出真摯的眼神看著他的臉，「我們刑警很不擅長處理這種事，拜託你，借用一下你的金頭腦。」

「我也不擅長啊。」

「但你上次不是解開了靈魂出竅的謎嗎？這次也用相同的方式解決就好。」

「那是物理現象，這次是心理的問題，超出我的專業領域。」

「難道你相信預知夢或是應驗的夢這種事？這不像是你的作風。」

「我並沒有說我相信這種事，只說純粹是巧合。」

「如果是巧合，也未免太巧了。」

「怎麼了？難道不可以是巧合嗎？」

「並不是不可以，重點在於到底是不是巧合。」

「什麼意思？」

「首先，媒體會很麻煩，他們一定會大肆報導什麼神諭、輪迴之類怪力亂神的事。不瞞你說，媒體已經打聽到消息了，不久之後應該就會在電視上報導。」

「真是期待啊。」湯川說話時的表情並沒有很高興。

「其次，這關係到審訊的問題。照目前的情況，那傢伙的律師一定會提出他精神異常。」

「八九不離十，」湯川點了點頭，「如果我是律師，也會這麼做。而且剛才聽你說了這些情況，覺得這傢伙的精神應該真的有異常。」

「但如果其中有什麼玄機呢？也許無法簡單地川精神異常來解決。」

「什麼玄機？」

「所以我希望你考慮這個問題。」

湯川聽了草薙的話，露出了苦笑。他好像在扣球般把軟式網球球拍縱向揮了兩下，然後好像想到什麼似地看著草薙。

「如果不是偶然就是必然，如果這個姓坂木的男人在十七年前就知道森崎禮美這個名字，就代表他那時候見過那個女生。」

「我們刑警也想到了這個可能性，問題是並不可能。森崎禮美今年十六歲，當時還沒有出生，更何況坂木和森崎家並沒有交集，當時坂木才十歲，應該也不會去世田谷。」

「既然排除了這個可能性，那我就只能投降了。」湯川拿著球拍，舉起了雙手。

「如果連你也這麼說，那真的是束手無策了。」草薙抓著頭說：「果然是巧合嗎？那傢伙只是妄想狂嗎？更何況還有邀請信。」

「邀請信？那是什麼？」

「坂木說，那天晚上，是森崎禮美邀請他上門。他說收到了禮美的信，信上說，禮美會在房間等他，希望他可以去，禮美當然否認了這件事。」

「是喔……」

湯川走向鐵網，目不轉睛地望著遠方的風景。當然他只是看起來在看風景，一定有各種想法在他腦袋裡交錯。

不一會兒，他回頭看著草薙說：「可不可以給我看一下畫了相合傘的紀念冊？」

「我馬上聯絡股長。」草薙說。

5

湯川闔起紀念冊，嘆了一口氣。他右手托腮，左手食指在會議桌上咚咚咚地敲著。他的面前放著坂木的筆記本、作文和記事本。

這裡是世田谷分局內的一個房間，這裡放著有關坂木信彥的『預知夢』相關資料，只有草薙和牧田會走進這個房間，其他偵查員都認為這起案子已經偵結，而且他們原本就對預知夢沒有興趣，正因為這個原因，所以民間人士湯川也不需要費太大的工夫就可以進來這裡。

「你怎麼看？」草薙問他。

「太不可思議了，」湯川回答，「我只能說太不可思議了。」

「你仍然認為只是巧合嗎？」

「不，我認為不是，看了這些資料之後，我認為無法認為是巧合。竟然有人對虛構人物這麼執著，這件事本身就很稀奇，而且竟然真的有同名同姓的人存在，未免也太巧上加巧了。」

「但你不是也無法解釋其中的原因嗎？」

「目前無法解釋。」湯川再度巡視著桌上問：「我有一個問題，森崎禮美這個名字是從哪裡來的？」

「之前不是告訴過你嗎？是坂木夢到的。」

「我不是問這個問題，而是問實際存在的人物，是她爸爸為她取了禮美這個名字嗎？」

「不，是她媽媽取的。」

「沒有搞錯吧？」

「沒有錯。不瞞你說，聽坂木說了預知夢之後，我立刻去了森崎家，問了幾個問題，也同時問了這個名字的由來。」

草薙造訪森崎家時，一家之主敏夫也在家。據說他得知這起事件後，匆忙回了國，敏夫自始至終橫眉怒目，嚷嚷著一定要把歹徒判處極刑。

草薙把坂木的預知夢告訴了森崎夫婦和禮美，問他們是否有任何線索。敏夫怒不可遏，連額頭都脹得通紅，當然完全否定。

「什麼預知夢！怎麼可能有這種荒唐的事，而且還在夢裡和禮美結婚？真是癩蝦蟆想吃天鵝肉，他只是想說一些聽起來純情的話，希望法官到時候酌情輕判，以前的筆記上就寫了禮美的名字？怎麼可以聽信這種話？一定是他知道禮美之後才寫上去的？」

敏夫的說法明顯不成立，各種客觀事實證明，坂木真的從十七年前就知道森崎禮美這個名字，中本的紀念冊也是其中之一。

草薙向森崎夫婦打聽，當初由誰、怎麼會取禮美這個名字？由美子回答了這個問題。

「是我在醫院的病床上想了這個名字。因為原本一直以為是兒子，完全沒有準備女兒的名字。」

由美子的五官是典型的日本人，舉手投足和談吐也很優雅、柔弱，難以想像她舉起獵槍的樣子。

「妳在取這個名字時，有沒有參考什麼？像是姓名筆畫算命的書之類的。」

由美子聽了草薙的問題，搖了搖頭說：

「我沒有看這種東西，我希望她成為一個有禮貌的孩子，所以取了禮美這個名字。」

「有沒有和別人討論？」

「沒有，因為我先生說，這件事交給我決定。」

「禮美這個名字很棒吧？我非常喜歡。」敏夫語氣堅定地說。

最後，草薙也問了禮美的意見，禮美長得和由美子很不像，五官的輪廓很深，眼睛也很大，不難預測她以後一定會是傾國傾城的美女。

「我完全不知道是怎麼回事，只覺得很噁心……這次的事，幸好我從頭到尾都睡著了，如果中途醒過來，發現那個男人就在旁邊……一想到這件事，我就渾身起雞皮疙瘩。」她的確膽戰心驚，渾身微微發抖，由美子緊緊握著女兒的手。

「他在逃走的途中撞死人了，不是嗎？那就該判他死刑。」敏夫又重申了一次。

「所以案發當時，她睡著了嗎？」湯川聽完草薙的話，立刻這麼問。

「她的母親由美子用獵槍打破窗戶玻璃，她聽到這個聲音才醒來，不知道發生了什麼事。」

湯川抱著雙臂，露出沉思的表情。這時，牧田走了進來，用托盤端了三杯紙杯裝的咖啡。

「情況怎麼樣？」牧田面帶笑容地問。

「伽利略老師這次似乎也只能投降了。」草薙接過兩杯咖啡，把其中一杯放在湯川面前。

「可以給我看一下那封邀請信嗎？」湯川問，「就是歹徒說，森崎禮美寫給他的那封信。」

「好，雖然沒有實物，但這裡有影本。」草薙從雜亂地堆在那裡的資料中拿出一本檔案攤在湯川面前。

「原來是用文字處理機打的信。」

「坂木說，那是在案發前一天，郵差送到他家的，的確有信封，郵票上也有郵戳，但寄件人和收件人欄都是用文字處理機打字，沒有任何證據可以顯示是森崎禮美寄給他的。可能是坂木自己寫了之後丟進郵筒，或是有第三者知道他對森崎禮美的執著，所以惡作劇寄了這封信。」

「如果是惡作劇，我能夠理解，他有什麼理由寄給自己？」

「我怎麼知道，那個人可能會做這種奇怪的事。」

湯川微微偏著頭，低頭看著那封信的內容。

那封信寫著：

坂木信彥先生：

感謝你一直守護我，我卻無法回應你的心意，讓我痛苦不已。

我希望我們能夠找機會好好見一面，但我們不能在外面見面。

請你來我的房間。明天晚上，我會打開窗戶等你，只要站在儲藏屋上，就可以很輕鬆來我房間。

請你偷偷進來。雖然爸爸不在家，但我媽媽在家。

禮美

湯川抬起頭說：

「所以坂木說他收到信後信以為真，就偷偷溜進那個女生的房間嗎？」

「沒錯，是不是太荒唐了？」

但是，湯川沒有回答，喝著紙杯裡的咖啡，戴著眼鏡的他看著半空中的某一點。

湯川的雙眼看向草薙，「你說是在江東區？」

「啊？」

「我是問你坂木的家，你說他住在江東區？」

「喔，是啊。」

「好，」湯川站了起來，「那我們去看看。」

「啊？要去坂木家嗎？現在？」

「即使坐在這裡想破腦袋，也得不到任何答案。如果這件事有答案，一定和坂木小時候有關。」湯川說完這句話，看著草薙的臉，「還是說，不能讓我這種外行人和嫌犯的家屬見面？如果是這樣，那我就回家了。我也有很多事情要忙。」

草薙根據之前的經驗知道，眼前這個男人說這種話的時候，代表他掌握了什麼線索。

「好吧，我去搞定上司，」他看著牧田說：「把我的車子開到門口。」

6

「一九一四年的某一天，巴爾幹半島上有一名神父做了一個夢，他夢見自己書房的桌子上有一封鑲了黑框的信。」他們去坂木信彥家的路上，坐在副駕駛座上的湯川說了起來，「那封信是奧匈帝國的皇儲寄給他的，上面寫著自己和妻子在塞拉耶佛成為政治犯罪的犧牲品。隔天，神父就接到通知，皇儲夫妻在塞拉耶佛遭到了暗殺。」

「是喔！」坐在後車座的牧田發出了驚訝的聲音。

「這件事是真的嗎？」

「據說是真的，只是不瞭解具體情況，總之，自古以來，有關預知夢的傳說不計其數，大部分應該只是巧合，但其中也有很多難以斷定是巧合，而且通常都可以有合理的解釋。比方說剛才有關神父的預知夢，可以這麼解釋。當時的時局動盪不安，神父很擔心皇儲夫婦的安危，內心深處擔心他們可能會遭到暗殺，這種潛在的想法以夢境的方式出現。」

「喔喔，這我能理解。」

「所以你認為坂木之所以會夢見森崎禮美這個名字，也是有某種原因嗎？」草薙問。

「就是這麼一回事。」

「但是，瞭解這個原因，對案情有什麼幫助嗎？」

「一旦瞭解，應該就可以破案了。」湯川說，「雖然我認為會是和目前完全不同的結果。」

「什麼意思？」

「敬請期待囉。」湯川意味深長地揚起單側嘴角笑了笑。

坂木家位在葛西橋大道這條幹線道路旁，三層樓的房子，一樓是辦公室兼倉庫，目前已經拉下了鐵門。

「我們也完全搞不懂他為什麼會說那種話，但當時覺得反正沒有給任何人添麻煩，而且總比迷上壞女人好多了，所以就沒去管他。沒想到竟然變成這樣的結果，真的不知道該說什麼……」

坂木信彥的母親富子用手帕擦著眼淚說，草薙他們和她坐在辦公室的角落說話。坂木的父親在案發之後就病倒了，至今仍然臥床不起，信彥的姊姊香奈子回來家裡幫忙。

「聽說妳兒子在小學四年級開始提森崎禮美這個名字，那一陣子有沒有發生什麼特別的事？」湯川問。草薙向坂木母女介紹湯川時說，他是大學的老師，正在研究各種不可思議的現象。

「這……應該沒發生什麼特別的事。」坂木的母親偏著頭回答。

「妳對森崎這個姓氏有沒有什麼印象？是不是曾經住在這附近？」

「我完全沒有聽過這個姓氏，既不是我們的客人，附近鄰居也沒有人姓森崎，所以我們也很納悶，信彥為什麼會想到這個名字。」

「當時妳兒子都去哪裡玩？有沒有經常出入的店家，或是哪一戶人家？」

湯川問，富子偏著頭，皺起了眉頭。她可能不是忘記，而是目前的精神狀態無法回想當時的情況。

「有沒有日記或是相簿之類的東西，可以瞭解妳兒子當時的情況？」

坐在一旁聽他們說話的香奈子聽到湯川的這個問題，立刻回答說：「有相簿。」

「可以借我們看一下嗎？」

「好，請等一下。」香奈子走上樓梯。

富子在腿上仔細地折著手帕，她的手帕已經全濕了。

「請問信彥會被判多重？」富子低著頭問道。

「目前還不知道。」草薙回答，「如果只是私闖民宅還好，但他之後又肇事逃逸。」

「唉，」富子絕望地嘆著氣，「他為什麼會做那種事？他明明很乖啊。」

兇手的家屬都這麼說，草薙把這句話吞了下去。

香奈子下了樓，手上拿著一本藍色封面的相簿。「就是這本。」

湯川接過相簿，在腿上翻開，草薙在一旁探頭張望，第一頁是一個男嬰，光溜溜地坐在椅子上。

「不知道從哪裡開始是小學四年級的照片。」湯川在翻相簿時嘀咕。

「應該都有標明是什麼時候的照片。」香奈子說。

相簿中的確不時看到『信彥　幼稚園畢業典禮』之類的文字。湯川翻到寫了『信彥　小學四年級』的那一頁，上面貼了幾張運動會和遠足時的照片。

「好像沒發現什麼有特別意義的東西。」草薙說。

「嗯。」湯川板著臉點了點頭。

「所以只有以前的同學最瞭解他當時的情況嗎？」草薙輪流看著富子和香奈子的臉問道。

「嗯……但他從以前開始就好像沒什麼特別要好的朋友。」富子回答說。

「是這樣嗎？」

「對，因為他向來喜歡一個人玩。」
他的確讓人有這種感覺，草薙點了點頭，完全能夠理解。
這時，湯川戳了戳草薙的側腹說：「喂，你看這個。」
「看什麼？」
「這張照片。」湯川指著一張照片，照片旁寫著『信彥 二年級時』。
「上面寫著二年級。」
「你廢話少說，先看一下。」
草薙看向湯川指的那張照片。照片上是年幼的信彥站在路旁，當草薙看到他手上抱的東西時，忍不住叫了起來：「咦！這是？」
「你終於想起來了嗎？」
「當然想起來了啊，就是那個娃娃。」
就是紀念冊上畫的那個娃娃，原來那是坂木信彥的娃娃，話說回來，很少看到一個男生抱娃娃。
「這是什麼紀念品嗎？」湯川問坂木母女。
「喔，我記得，」香奈子似乎想了起來，「那是信彥小時候帶回來的，說是有人送給他。媽媽，妳也記得吧？」

「有這種東西嗎？」富子似乎忘記了。

「現在還在嗎？」湯川問。

「不，沒有了。」香奈子斷言道，「我媽媽拿去丟掉了，因為她說不吉利。」

「有這回事嗎？」

「不吉利？請問是怎麼回事？」湯川追問道。

「這附近有一個女孩被車子撞死了，她生前很喜歡這個娃娃。信彥說，他經常和那個女孩一起在公園玩，那個女孩的爸爸就把娃娃送給了他。」

「喔。」富子點了點頭，「妳這麼一說，我想起的確有這件事。」

「請問妳知道那個女孩叫什麼名字嗎？」

香奈子搖了搖頭說：「完全不記得，可能原本就不知道。」

湯川點了點頭，然後稍微想了一下。草薙完全無法想像此刻有哪些想法在他腦海中翻騰，不一會兒，他抬起了頭，對著那對母女說：

「謝謝，給我們提供了很大的參考。」然後又對草薙說：「我們走吧。」

「我想找出那個娃娃的主人。」回到車上後，湯川這麼說，「有沒有辦法找到？」

「應該不至於找不到，只要調查過去車禍的紀錄就可以了，但這到底是怎麼回事？可不可以請你說明一下？」

「目前還無法明確斷言，但我認為那個娃娃很可能和坂木的預知夢有關。」

「你是說，那個娃娃上有死去女孩的靈魂嗎？」牧田在後方插嘴問。

湯川平時向來對這種話題置之不理，沒想到他一臉嚴肅地點了點頭說：

「是啊，也許是這樣。」

「喂、喂，你認真回答。」

「我很認真回答啊。」

「在瞭解理由之前，我們無法採取行動。因為需要相當的理由，才能調閱車禍的紀錄。」

湯川聽到草薙這麼說，看著前方，用力深呼吸。

「既然這樣，就不必勉強。能不能解開預知夢這個謎，我都無所謂。」

「你想威脅我嗎？」

「我沒這個意思，只是對我來說，目前的階段還無法說什麼。」

草薙嘆了一口氣。如果湯川現在退出，他真的就束手無策了。

「好吧，我會想辦法去查清楚。」

「還有那個父親的事。」

「父親？」

「剛才不是說，是發生車禍的那個女孩的父親把娃娃送給坂木信彥嗎？」

「是啊。」

草薙把車子開了出去。不知道向上司報告死去女孩的靈魂在娃娃身上，那些上司會露出怎樣的表情。一想到這件事，既感到害怕，又有幾分期待。

兩天後，草薙打電話給湯川。

「查到了娃娃的主人。」

「我很想稱讚你很厲害，但仔細一想，這原本就是你的工作。」

「這次的工作沒這麼簡單，向上司說明時費盡了口舌，而且這已經是陳年的車禍了，所以調查時也大費周章。」

「這不都是為了你自己的事嗎？結果怎麼樣？」

「我先說結論，希望落空了。」

「是喔，怎麼落空了？」

「那個女孩名叫櫻井真子，既不姓森崎，也不叫禮美。」

「是嗎？那真是太遺憾了。」湯川很乾脆地說。

「聽你的語氣，好像並不覺得遺憾。」

「我向來不期待沒有根據的事，那你有沒有調查那個父親？」

「也查了，車禍發生當時，他就住在坂木家附近，但現在已經搬走了，他的職業是設計師。」

「設計師？服裝設計師嗎？」

「不，是插畫和書籍裝幀方面的。」

「所以是在家工作。」

「這就不知道了……怎麼了嗎？」

湯川沒有回答，似乎在電話的那一頭陷入了思考。

「喂，湯川！」草薙不耐煩地叫了一聲。

「我漸漸瞭解了。」湯川終於回答。

「漸漸瞭解什麼？」

「整起事件的輪廓，草薙刑事接下來有一項任務。」

「什麼？」

「調查車禍當時的狀況，要盡可能查清楚那個女孩的父親過著怎樣的生活，一定會出現森崎禮美這個名字。」

湯川單方面提出這樣的要求，草薙完全搞不清楚狀況。

「你可別太過分，不要只有自己瞭解狀況，要不要把你漸漸看到的輪廓也告訴我一下？我是代表整個警界說這句話。」

也許是因為草薙聽起來太火大了，湯川呵呵笑了起來。

「偶爾聽你說這麼霸氣的話也不錯，那我們找一個地方慢慢聊，你可以在聽完之後，再決定要不要採取行動。」湯川說完這句話，恢復了嚴肅的語氣繼續說道：「如果我的推理正確，就會顛覆整起事件的架構。」

「你的口氣還真不小啊，這麼驚人嗎？」

「我相信你會驚訝，至少有一點點驚訝。」雖然他開著玩笑，但他的聲音很嚴肅。

幾十分鐘後，草薙在帝都大學旁的咖啡店和湯川見了面。這位物理學家坐在最角落的座位，發表了自己的推理。

內容的確很令人驚訝。

7

草薙站在門前時，玄關的門剛好打開，森崎巾美子走了出來。她立刻發現了刑警，露出了不知所措的表情，草薙向她微微欠身。

由美子巡視周圍後，來到大門問：

「有什麼事嗎？」

「有點事想要請教妳，妳要出門嗎？」

「對，我正打算去買東西。」

「如果妳不趕時間的話，可以佔用妳一點時間嗎？」

「喔。」由美子猶豫了一下，最後擠出笑容點了點頭，「好，請進，只是家裡有點亂。」

「打擾了。」草薙鞠了一躬，走進了大門。

雖然由美子說家裡很亂，但放了皮革沙發的客廳整理得很乾淨，所有東西都放在該放的位置，引人注目的高級擺設也都放在恰當的位置。

草薙猜想她丈夫應該是個挑剔的人，森崎敏夫看起來就像是這種人。

雖然草薙請由美子不必忙了，但她還是端上紅茶和餅乾。也許她覺得無論什麼客人上門，都必須要招待一下。

草薙喝著紅茶，那是他以前從來沒有嚐過的味道，香氣也很特別，他猜想應該只有金字塔頂端的人才能喝到這種紅茶。

「真好喝。」他坦率地表達了感想。

「請問你說有事要問我，請問是什麼事？」

草薙坐直了身體，放下了茶杯，他知道自己應該不會再喝這杯紅茶了。

「我之前曾經向妳提過，坂木信彥住在江東區木場。」

「是。」

「當時我曾經問妳，是否曾經去過那裡。因為聽說坂木從小就常提到令千金的名字，所以我猜想府上和坂木之間也許有什麼交集，但妳明確回答，從來沒有去過，我沒記錯吧？」

由美子不發一語，微微點著頭，眼中露出不安的眼神。

「太太，」草薙看著對方的雙眼問：「妳現在仍然堅持這麼回答嗎？」

「請問……你想表達什麼？」

「請問妳是否記得這個名字？」草薙緩緩拿出記事本後翻開，但其實根本沒這個必要，因為他清楚記得寫在記事本上的名字。他對由美子說：「就是櫻井努這個名字。」

由美子瞪大了眼睛。她整個人就像失血般，臉色越來越蒼白。

「妳是不是認識他？」草薙再次問道。

「不，」她搖了搖頭，「我不認識這個人。」

草薙點了點頭，他並不認為由美子會馬上承認。

「櫻井先生目前在千葉經營一家設計事務所，日前仍然單身。」

「你在說什麼？我不是說了，我不認識這個人嗎？」

「櫻井先生已經承認了和妳之間的關係。」草薙繼續說了下去。

由美子好像電池斷了電，整個人愣在那裡，她看著半空的雙眼漸漸紅了起來。

「二十年前，有一名設計師住在離坂木水電行走路大約五分鐘的公寓內，他就是櫻井努先生。他的太太因病去世，帶著女兒一起住在那裡。那時候，有一個女人每個星期都去找他，那個女人就是妳。」草薙一口氣說道。因為必須讓她知道，自己已經徹底調查了所有事。

櫻井並沒有馬上承認這件事，起初堅稱根本不認識姓森崎的人。他強烈否認的不自然態度，反而讓草薙確信原本的推理很正確。

當草薙指出他和森崎由美子之間的關係時，櫻井的態度才開始動搖。草薙已經掌握，櫻井之前曾經在池袋的社區大學擔任講師，森崎由美子就是其中一名學生。這個講座的內容是書籍設計，只有幾名學生，短短半年就停課了，而且很多堂課只有森崎由美子一個人出席，櫻井不可能不記得她。

由美子皺起了臉，也許她想擠出笑容。

「為什麼？」她問：「為什麼現在提這種事……這已經是陳年往事了。」

「因為和這次的事件有密切關係，妳應該比任何人更清楚這件事。」

「我完全不知道你在說什麼……」

「妳應該記得櫻井真子吧？她是櫻井先生的女兒，真子不是和妳也很親近嗎？聽說她整天抱著妳送給她的娃娃。」

由美子聽到娃娃時，臉上的表情再度發生了變化，她整個人都顯得無力，草薙覺得她快投降了。

「真子為那個娃娃取了名字，妳應該也知道這件事。沒錯，就是叫『禮美』。而且，她認為禮美娃娃還需要一個姓氏，只不過並不是姓櫻井，真子覺得禮美是每個星期都來看他們的那個親切阿姨的小孩，那個娃娃的名字就叫森崎禮美。」

由美子無力地垂下了頭，她的肩膀微微顫抖。

「妳應該也記得真子發生車禍身亡這件事，妳和櫻井先生之間的關係仍然持續了好幾年，但最後分手的原因，是因為妳懷孕了嗎？」

由美子什麼話都沒說，草薙認為那是代表肯定的沉默。

「不久之後，妳生了一個女兒，我也不知道那是妳先生的孩子，還是櫻井先生的孩子，但重點在於妳女兒的名字，妳為她取了禮美這個名字。沒錯，和那個娃娃的名字一樣。」

草薙口乾舌燥，但他並沒有伸手拿茶杯，而是繼續說了下去。

「我不知道妳是基於怎樣的想法取了那個名字，可能有什麼特別的用意，也可能只是覺得這個名字很好聽。總之，和那個娃娃名字相同的森崎禮美小姐十六年來都健康成長，這段期間，妳也從來沒有和櫻井先生見過面，這段外遇神不知，鬼不覺——妳應該這麼想。沒想到竟然有一個意想不到的男人出現在妳面前，這個人就是坂木信彥。」

由美子繼續保持沉默，她的姿勢完全沒有改變，似乎下定決心要聽草薙說完。

「妳從禮美口中得知坂木家的住址，和他堅稱十幾年前就已經知道森崎禮美這個名字時，妳應該愣住了。因為妳憑直覺知道，他一定和櫻井父女有什麼關係，而且妳的直覺完全正確。」

草薙提到了坂木和櫻井真子的娃娃之間的關係。由美子似乎第一次聽說這件事，露出了驚訝和絕望的表情。

「不難猜到，坂木是從櫻井真子的口中得知了娃娃的名字，但坂木的媽媽把那個娃娃丟掉了，他當時應該很受打擊，但不久之後，他也忘記了娃娃的事。沒想到兩年後，他突然有一天想起了那個娃娃的名字。Morisaki Remi——可能是因為這個名字觸動了他內心的某些東西，結果他以為有一個女生叫這個名字，以為有一條無形的線把自己和那個女生連在一起。不久之後，他把那個名字改成了漢字，森崎禮美這四個漢字剛好和令千金的名字一致並不值得驚訝，因為聽到Morisaki Remi這個名字的讀音，應該很多人都會想到相同的漢字。」

草薙又繼續說了下去。

「雖然妳當然不瞭解背後這些故事，但強烈認識到，坂木的存在很危險，因為妳擔心不解決這個人，之前外遇的事早晚會曝光。不，也許妳最擔心的是，禮美到底是誰的孩子。」

「禮美她，」由美子低著頭，呻吟般地說：「她是我先生的孩子。」

草薙吐了一口氣，這件事不值得現在討論。

「於是妳開始思考是否有什麼方法可以合法殺害坂木，最後想到可以藉由正當防衛殺他的方法。把坂木騙上門，在他潛入禮美的房間時開槍打死他。這麼做，絕對不會引發社會的譴責，甚至很可能因為竊盜防治法獲判無罪。妳的計畫很出色，唯　的失算，就是獵槍的子彈沒有打中坂木。」

由美子這時才終於抬起頭。她搖了搖頭，但動作很無力。

「不是，我沒有計畫……這種事。」

「我有證據。」草薙努力讓臉上保持平靜的表情，「我們詳細分析了妳誘騙坂木上門的那封信，查出了文字處理機的型號，以及所使用的紙張。在妳目前就讀的料理教室，找到了相同型號的文字處理機，講師有時候會使用那台文字處理機寫食譜，也有人證明最近曾經看到妳使用。昨天，我的同事花了半天的時間調查了那台文字處理機使用過的色帶，色帶上清楚留下了那封信上的文字。」

草薙已經說完了所有該說的話，接下來只等由美子的回答。

她通紅的雙眼漸漸濕潤，淚水奪眶而出，滑落她的臉頰。由美子沒有擦眼淚，只說了一句：「可以請你告訴我先生……禮美是他的孩子嗎？」

草薙沒有回答，而是問了她一句話：「可以請妳跟我們回分局嗎？」

「好。」她小聲地回答。

森崎家門口停了一輛車，牧田和另外兩名刑警坐在車上。草薙事先聯絡，請他們等在那裡。草薙把由美子交給了他們。

「我馬上就回總部。」草薙對牧田說。

牧田點了點頭，把車子開了出去。坐在後車座的由美子看著前方。

草薙走向和車子離去相反的方向，一輛Skyline停在二十公尺外的地方。湯川躺在放倒的副駕駛座椅子上睡覺。

草薙上車後，湯川睜開眼睛問：「搞定了嗎？」

「嗯，真是讓人不開心的工作。」

「所以才會付你薪水啊。」

「先不說這件事，」草薙看向副駕駛座，「這次又多虧你幫忙，我要謝謝你。」

「我只是滿足自己的求知慾，不必謝我。」

「但是，如果沒有聽你說那些推理，我們不可能懷疑她。」

草薙回想起聽湯川說關於本案的推理時，內心的驚訝。湯川劈頭就說，森崎禮美的母親很可疑。他列舉了案發當時的狀況做為首要依據。

「既然被害人母親會拿著獵槍衝進女兒的房間，就代表明確聽到了有人潛入的動靜，但如果有這麼大的動靜，禮美不是應該會聽到嗎？問題是當事人睡著了，歹徒只有靠近她的床，什麼事都沒做，只有母親察覺危險，還誇張地帶著獵槍闖進女兒的房間，是不是該認為其中有什麼蹊蹺？」

然後，湯川展開了大膽的推理。他認為這次的事件是預謀的。

「如果被害人母親想要殺了坂木，並偽裝成正當防衛，那麼她的動機是什麼？我認為關鍵就在於預知夢，也許其中隱藏了對她不利的事。假設坂木做夢的十七年前，他和森崎由美子之間有某種交集。當時坂木還是小孩子，要和他產生交集，她就必須去他家附近，而且頻繁出入那裡。她隱瞞了那件事。為什麼？家庭主婦必須隱瞞自己去某個地方，理由相當有限。」

外遇。草薙和牧田也立刻想到了這件事。

「是否該認為在坂木小時候，森崎由美子外遇的對象就住在他附近？但小學生很少有機會和成年男人混得很熟，所以八成是他玩伴的父親。」

於是湯川要求草薙去調查真子父親當時的生活。

「這真的是一起奇妙的事件，」草薙插車鑰匙時深有感慨地說，「坂木至今仍然搞不懂自己為什麼會夢到森崎禮美這個名字，也完全沒有想到自己受到一個娃娃的影響。」

「每個人都受到某些因素的影響。」湯川說完，打了一個大呵欠，「有一家店的藍山咖啡很不錯。」

「在這附近嗎？」

「在等等力。」

「不錯喔。」草薙發動了引擎。

第二章

靈視

1

長井清美穿著黃色套裝在等人，鮮豔的黃色令人想起檸檬，清美很喜歡這個顏色。雖然咖啡店很大，也有很多人，但多虧了這身鮮豔的色彩，細谷忠夫一眼就看到了她。

「對不起，對不起，我正準備下班，課長突然叫我做一份莫名其妙的工作。」細谷在臉前用手做出道歉的動作，在清美的對面坐了下來。他們約好七點見面，他遲到了將近二十分鐘。

清美明顯很不高興，下垂的嘴角證明了這件事。

「我原本打算再等你五分鐘，如果你還沒來，我就要走人了。」

「我不是在向妳道歉嗎？——啊，給我一杯咖啡。」細谷對來為他點飲料的服務生說。

妳常常滿不在乎地遲到三十分鐘，我偶爾遲到一次就這樣囉哩叭嗦。細谷當然沒有把這種內心的真實想法說出口，因為一旦這麼做，清美就會馬上起身走人。

「我肚子餓死了。」

「好啦，不管妳想吃什麼我都請客，妳就別再生氣了。」

「只要我想吃的，什麼都可以？真的可以嗎？」清美的表情稍微有了變化。

「對啊，沒問題。」

「那我很想去一家餐廳。」

清美打開Gucci皮包，拿出一張像是從雜誌上剪下來的紙片。上面介紹了一家知名的法國餐廳，細谷也曾經聽過這家餐廳，只不過是因為這家餐廳的價格貴得出奇，而不是因為餐點美味而出名。細谷手頭並不寬裕，覺得眼前一片漆黑，但不希望清美繼續不開心。

「好啊，但那家餐廳好像要預約。」

「你可以現在打電話預約。」

「也對。」

細谷拿起那張紙片站了起來，走出咖啡店後，用手機撥打了餐廳的電話，雖然他期待聽到對方說今天訂位已滿，但時下經濟不景氣，竟然輕鬆訂到了位子。

回到座位，告訴清美這件事，她雙眼發亮地笑著說：

「辛苦你了。」

她似乎不再生氣。細谷看著她像小惡魔般的笑容，拿起已經送來的咖啡，沒有加糖就喝了起來，他覺得這應該就是所謂的「愛到深處無怨尤」。

吃完飯，清美一直很在意時間，細谷也情不自禁看了手錶。已經晚上十點多了。

「妳等一下還有其他事嗎？」細谷問。

「嗯，對不起，我差不多該回去了。」

「妳說要為旅行做準備。」

「對啊，明天就要出發了，我還沒有整理行李。」清美吐著舌頭說。

「妳說要去新加坡？」

「對啊。」

「該不會和正牌男友一起去吧？」

「你白癡喔，怎麼可能嘛，我和女子大學的同學一起去血拚旅行。」清美笑著說完後，突然憂鬱地皺起眉頭說：「今天晚上，一定又會打電話來。」

細谷立刻理解了她的意思，「他打給妳嗎？」

「對。我每次休假的時候，他都會打來。」

「他還真癡心啊。」

「真傷腦筋，我又不能對他太冷淡。」

細谷嘆了一口氣。

「妳是不是該向他說清楚了，否則這樣對他也不好。」

「我雖然知道，但總覺得難以啟齒，我可以提到你的名字嗎？」

「這也無可奈何，因為事實就是這樣，反正他早晚會知道。」

「真的很難啟齒。」清美皺著眉頭。

「要不要由我來跟他說？」

清美聽到細谷這麼說，露出意外的表情。她想了一下之後，緩緩點了點頭。

「好啊，如果可以由你跟他說，那就太好了。」

「我會在最近找時間跟他說。」

「這樣不會影響你們之間的友情嗎？」清美嘻皮笑臉地問，感覺不是在擔心這件事，而是感到好奇。

「到時候只能見機行事了。」

走出餐廳後，他們來到大馬路上攔計程車。立刻看到一輛空車，細谷舉起手想要攔車，清美制止說：「啊，等一下。」

她從皮包裡拿出相機，稍微彎下腰，將鏡頭對準了旁邊的電線杆，那裡有一隻小花貓，應該是流浪貓。她按了三次快門，閃光燈也跟著亮了起來。

「妳還是隨時都帶著相機。」細谷說。

「對啊，因為不知道什麼時候可以拍到什麼。」她在說話時，把相機放回了皮包。

第一次和她約會時，就聽她提到最近迷上了攝影，而且也給他看了幾張照片，雖然拍得很漂亮，卻沒有什麼特色。細谷覺得她拍照只是為了追求流行，至少，他認為她希望有朝一日可以開個展的夢想不可能實現。

「妳到處隨便亂拍，會不會拍到一些奇奇怪怪的東西？」坐上計程車後，細谷問她。清美住在高圓寺，每次約會之後，都是先送她回家，然後再回自己住在練馬的住處。

「什麼奇奇怪怪的照片？」

「比方說靈異照片之類的。」

「喔，」清美張著嘴點了點頭，「我拍過幾次有點像是靈異的照片。」

「啊？真的假的？」

「只是有點像而已，像是白色模糊的影子之類的東西，但其實我也不知道那究竟是什麼。」
「拍到這種照片時，不需要去收驚嗎？」
「不知道，應該不需要吧。」清美說完，調皮地看著細谷，「不瞞你說，我之前還特地想去拍這種照片。」
「怎麼拍？」
「有一個地方，聽說只要晚上去那裡拍照，就一定會拍到幽靈。我一個人去那裡，真的超害怕。」
「妳真的去拍了嗎？」
「嗯。」
「結果怎麼樣？」
「某些角度感覺有點像，差不多就是這種感覺。」
「是喔……」
「下次要不要帶給你看？雖然也不是什麼了不起的照片。」
「好啊，我想看看。」細谷說完，吞著口水，他很喜歡靈異故事。
「不過啊，」清美舔了舔嘴唇，「不過啊，其實那一次我拍到了更猛的照片。」

「是喔？什麼樣的照片。」

「嗯，雖然不能說出來，但對我來說是幸運的照片。」

「到底是什麼照片？真讓人好奇。」

「對不起，和你說這些無聊的事，你忘了吧，對了——」

清美改變了話題，聊起完全不相干的事，似乎很後悔向細谷提到「幸運照片」的事。細谷雖然附和著她，但還是很在意照片的事。

送清美回家後，細谷在計程車上拿出手機，在螢幕上顯示了「小杉浩一」的快捷鍵。

小杉是細谷大學時代的朋友，雖然讀不同的系，但一起參加了橄欖球隊。雖然畢業至今已經十年，但每個月都會見一次面。

一個月前也曾經接到小杉的電話，於是就約好下班後一起去喝酒，小杉說他發現了一家新的店，細谷當時感到有點奇怪，因為他向來很少聊這種話題。

那家店位在新橋，客層比較年輕，氣氛也很輕鬆活潑。看到那家店有陪酒小姐後，細谷更加驚訝不已，因為小杉向來很不擅長和女生說話，所以得知他出入這種店，簡直太驚訝了。

長井清美就在那家酒店打工。她一看到小杉，立刻過來坐在對面的椅子上，雖然她並沒有驚人的美貌，但同時具備了清純和妖嬈共存的奇特個性。那一天，她也穿了黃色的衣服。

細谷對她一見鍾情，但從小杉的態度中，也察覺到他出入這家店的原因，他顯然很中意清美，在女生面前向來沉默寡言的小杉努力吸引她的注意力。

走出那家店之後，細谷立刻問小杉，小杉也馬上招供，希望能夠和她交往。

「只不過事情沒這麼簡單，不知道那種類型的女生要怎樣才能追到手。」小杉抓著寸頭的短髮問道。

細谷至今仍然很後悔，為什麼當時沒有明確告訴他，那種類型的女人並不適合他。如果當時這麼說了，事情或許就更簡單了，但當時他並沒有這麼說，反而鼓勵他說：「那就努力傳達你的心意。」

細谷同時背著小杉接近清美，他獨自去了那家店幾次，然後約清美見面，沒想到她竟然一口答應。

「我第一次見到你時，就覺得我們很合得來。」第一次去摩鐵後，她這麼說。

小杉當然完全沒有察覺他們之間的關係，而且他最近還在電話中對細谷說：「我最近好像終於打動她了。」只不過清美說：「和之前沒什麼兩樣，他只是店裡的一個客人。」

雖然細谷知道該早點向他攤牌，但還是一天拖一天。

差不多該做一個了斷了——

細谷按下了手機的通話鍵。

鈴聲響了兩次就通了。

「喂？」電話中傳來一個男人的聲音，但明顯不是小杉的聲音。

「喂？呃，請問是小杉家嗎？」

「對，是小杉家……啊，聽你的聲音，你是細谷吧？」

細谷聽了對方的聲音和語氣，也知道那是誰。

「原來是山下啊，你在那裡幹嘛？」

「小杉找我來幫他看家，但我沒事可做，正覺得無聊，你打電話來得正好，趕快過來這裡，你現在人在哪裡？」

「我搭計程車沿著環狀七號線準備北上。」

「那就讓司機手上的方向盤往左轉。我等你，這裡有很多酒，我們今晚難得喝酒到天亮。」山下自顧自說完後，掛上了電話。

真是拿他沒辦法，那就去陪他喝一下——細谷把手機放回上衣口袋，對司機說：

「司機先生，不好意思，目的地改變了，我要去久我山。」

小杉住在老舊的排房，和隔壁的房子兩戶為一棟，兩層樓的房間是兩房一廳一廚房的格局，有一個小院子，所以小杉經常說，有住在透天厝的感覺。

山下正喝著啤酒等細谷，他也是以前一起打橄欖球的隊友，去年之前任職的設計事務所倒閉，目前正在找工作。

「小杉今天傍晚出門了，他說採訪結束之後，要開車去大阪，明天一大早就要採訪，體育記者的工作也很辛苦。」山下舌頭有點打結，口齒不清地說。

小杉以前文筆就很好，畢業之後沒有找工作，而是在一家出版社打工的同時，開始做自由撰稿人的工作。起初接案當然很辛苦，但目前在幾份雜誌和報紙上都可以看到他寫的文章。

聽山下說，小杉這次要去大阪採訪某個少年足球俱樂部。

房間的角落有一隻貓，是白色的波斯貓。細谷之前沒有聽小杉提過養貓的事。

「那是他朋友養的貓，一個星期前開始寄放在他這裡，這次他突然接到採訪工作，所以找我來幫他看家。說起來我不是來看家，而是來照顧這隻貓。」

「原來是這樣。」

「因為我從來沒有照顧過貓，所以有點擔心，沒想到很輕鬆。牠很乖，上廁所也都調教得很好。」

「你幫忙看家的打工費是多少？」

「包含必要的開銷在內，一天五千圓，反正也沒事，所以沒什麼好抱怨的。更何況我現在失業，所以不無小補。」山下有點自虐地笑了笑。

他們聊著往事，像喝水一樣喝著啤酒、威士忌和日本酒。幫小杉看家很划算，可以自由吃喝冰箱裡的東西，也可以喝他放在家裡的酒。冰箱裡放了好幾瓶大瓶的啤酒，還分別有一瓶未開封的威士忌和日本酒。

不知道是否因為一早就喝了太多酒，山下在半夜十二點多開始打瞌睡，快一點時已經發出了鼾聲，即使搖他也搖不醒。

真受不了這傢伙——

細谷拿起一旁的毛毯蓋在他身上後站了起來。他打算去二樓的房間睡覺。他一隻腳站在樓梯上，按了牆壁上的開關，室內頓時一片漆黑。

因為黑暗的程度超出了想像，再加上細谷自己也有點醉了，所以身體突然失去了平衡。他搖晃了一下，跪在地上。

慘了，沒想到這些酒的後勁真足——

他搓了搓臉，正想站起來時，看到有一個人站在面向院子的窗外，目不轉睛地看著室內。

他嚇了一跳，但隨即又對另一件事感到驚訝。

清美？

雖然隔著蕾絲窗簾，但他覺得站在窗外的人看起來很像清美，身上的檸檬黃套裝是幾個小時前看到的那套衣服，在戶外微弱的燈光下，浮現在黑暗中。

「清美……」

細谷走向玄關，但因為眼睛還沒有適應黑暗，再加上有幾分醉意，所以身體不時撞到東西。他打開門後，光著腳衝了出去。

「清美。」他叫著她的名字。

但是，沒有聽到她的回答。細谷光著腳，繞到窗戶前，但並沒有看到她的身影。

這是怎麼回事？他不禁感到不安和混亂。清美向來避著小杉，不可能來這裡。內心的忐忑漸漸擴散。

他拿出手機，撥打了她家的電話，但是沒有人接電話，他又撥打了手機，結果還是一樣。

細谷稍微想了一下，撥打了另一個號碼，那是織田不二子的手機。不二子是清美的朋友，住在同一棟公寓，也在同一家店上班，之前大家一起去ＫＴＶ時，細谷留了她的電話。

「喂？」電話中傳來不二子的聲音。

「喂？不二子嗎？我是細谷。」

「喔，這麼晚有什麼事嗎？」

「不好意思，可以請妳去清美的房間看一下嗎？我晚一點再向妳說明原因。」

「去清美的房間？現在嗎？為什麼？」

「我不是說了嗎？晚一點再說明原因，總之，妳趕快去看看。」細谷對著手機大聲叫道。

2

「織田不二子接到細谷忠夫這通莫名其妙的電話後走出了房間，不二子的房間在三樓，清美的房間在五樓。如果她當時搭電梯，情況應該就完全不同了，但當時她選擇走樓梯。她打算沿著樓梯走去五樓。」

草薙說到這裡停頓了一下，看著湯川，湯川坐在椅子上，正在用剉刀修指甲，兩隻腳蹺在桌上。

草薙一如往常地來到帝都大學理工學院物理系的第十三研究室，目前正在上課，所以研究室內沒有學生。

「喂，你有沒有在聽我說話？」

「我在聽，你繼續說。她選擇走樓梯的結果怎麼樣？」

「她看到一個男人從四樓衝下三樓，然後又衝下了二樓。那個人理著寸頭，穿著灰色夾克，而且織田不二子看到那個男人的側臉時，發現自己見過他，他經常去新橋的那家店，但不知道是否太匆忙的關係，那個男人並沒有發現不二子，不二子感到很奇怪，走去長井清美的房間。按了門鈴也沒有人應答，於是她試著轉動門把，沒想到門沒有鎖。」

「然後就發現了屍體嗎？」

「長井清美倒在洗手台前，織田不二子立刻打電話報了警。」

「於是大刑警草薙巡查部長就粉墨登場了。」湯川嘻皮笑臉地說。

「是啊，只不過我們根本派不上用場，當我們趕到時，已經查明凶手，逮捕也只是時間的問題。」

「就是織田不二子看到的那個男人嗎？」

草薙聽了湯川的問題後點了點頭，低頭看著記事本。

「就是體育記者小杉浩一，我剛才也提到，他是細谷的朋友，一直在追求長井清美。當搜查人員循線追查到小杉的名字時，他正在東名高速公路上，逮捕他並不費力，因為知道他要去哪裡，所以只要派偵查員去大阪就搞定了。」

「小杉承認是他犯案嗎？」

「起初似乎否認，但在暗示他有目擊證人後，他很乾脆地承認了。」

「聽起來不像是預謀犯案。」

「沒錯，是典型的衝動殺人。」

那天晚上，小杉在長井清美的家門口等她回家，她在將近十一點時回到家。

小杉說，要去她家裡好好聊一聊，她起初拒絕了，但後來可能覺得這樣無法解決問題，於是讓他進了屋。

小杉拚命向她訴說對她的愛慕，提出想和她交往，而且不是玩玩而已，希望以結婚為前提交往。

但是長井清美斷然拒絕，用很強烈的語氣說，完全感受不到他的魅力。

小杉仍然沒有放棄，甚至對她說，可不可以試著交往一段時間？他會努力讓她感受到自己的魅力。

沒想到長井清美的態度一下子大變，也許之前一直覺得他是店裡的客人，所以有所克制，但那時候情緒完全失控。

開什麼玩笑！我怎麼可能和你這種沒行情的人交往，之前只是覺得你是客人，所以對你客客氣氣，別不自量力了——

她滔滔不絕地說著踐踏小杉自尊心的話，嘴角還露出冷笑，小杉看到她這種樣子，內心的理智線應聲斷裂。

「當他回過神時，發現已經掐住了她的脖子。」

「很有犯罪味道的犯罪，或者說很有命案味道的命案。」湯川露出格外嚴肅的表情。

「是嗎？」

「難道不是嗎？現實生活中的命案通常不會像小說那樣，經過深思熟慮，精心策劃之後犯案，大部分都是一言不合，結果情緒失控殺了對方。因為殺人不是一件容易的事，凡夫俗子要殺人，必須在瘋狂或是衝動這種非日常的精神亢奮狀態下才能夠動手。」

「的確是很常見的命案。」草薙揉了揉人中。

「你費了這麼多口舌把這件事告訴我的目的是什麼？我聽起來這起命案並沒有什麼問題啊。」

湯川一本正經地說，草薙露出意外的表情看著他。

「喂、喂，你有沒有認真聽我說話？你聽好了，之所以會發現這起命案，就是因為細谷看到了長井清美，而且是在凌晨一點左右，但實際上那時候清美已經被小杉殺了，你怎麼看這個問題？」

「什麼怎麼看？」

「難道不覺得很不可思議嗎？」

「是喔。」湯川抱著雙臂，把腳從桌上拿了下來，然後把旋轉椅左右旋轉著。

「我認為是很驚人的巧合。」他停止轉動椅子後，用冷靜的語氣說。

「巧合？怎樣的巧合？」

「這個姓細谷的人喝醉了，也可以說他處於半夢半醒的狀態。因為是這種狀態，所以可能睡迷糊了，他睡得稀里糊塗，夢見了自己的女朋友。當他猛然驚醒，打電話時，剛好在她家發生了命案。」

「我們課長和你的意見相同，他也說細谷在做夢，或是看到了幻覺。」

「哈哈哈，」湯川放聲笑了起來，「我每次都覺得和你們課長很合得來。」

「但是細谷堅稱那不是夢。」

「是喔，可見課長以外的人相信了這句話，你們辦案這麼有彈性，可見警察的未來一片光明。」

草薙撇著嘴角，抓了抓臉頰。

「我根本笑不出來，照這樣下去，報告的內容會充滿怪力亂神。雖然很難以置信，但甚至有偵查員說，會不會是被害人的靈魂去通知細谷自己遇害了。」

「這種說法也很有趣啊，需要有點幽默感。」

「你應該不會真的這麼想吧，你願不願意挑戰這個謎團？」

「謎團嗎？這能不能稱為謎團呢？」

湯川起身走向窗戶，春日的陽光從窗簾的縫隙照了進來，他的白袍看起來很刺眼。

「即使細谷沒有睡迷糊，也有很大的可能是他看到了幻覺。不，說幻覺可能有點誇張，可以說是看錯了，或是錯覺。」

「他實際看到的是什麼？」

「很久之前，就有人把被風吹動的毛巾看成是幽靈。當時細谷和女朋友剛約完會，滿腦子都想著她，再加上他在黑暗中跌倒的意外，所以有點驚慌失措。當他抬頭看向窗戶時，看到了什麼東西。如果他當時沒有驚慌失措，一定可以冷靜地看清楚到底是什麼。比方說，很可能是什麼東西反射在窗戶上，但是，當時他的精神狀態有問題，所以就以為反射在玻璃上的影子是他的女朋友，這種可能性並非不存在吧？」

「然後他的女朋友剛好在相同的時間被人掐死嗎？」

「所以我不是說了，這只是驚人的巧合嗎？」湯川說。

草薙重重地吐了一口氣。

「所以只能這樣解釋了嗎？」

「你不滿意嗎？」
「即使不滿意，也沒有辦法吧，否則就會變成是幽靈在搞鬼了。」
「這個世界上，也會發生這種機率極低的巧合，我認為不需要用邏輯去解釋這種事。」湯川大步走回來，走去流理台前。「對了，要不要喝咖啡？」
「不用了。」反正又是即溶咖啡。草薙把這句話吞了下去，「但是媒體一旦得知這件事，一定又會大肆報導，把整起事件導向和怪力亂神有關，這樣也沒問題嗎？」
「那也無可奈何啊，每個人有信仰自由。」
「我會向課長這麼報告。」草薙看著手錶後站起來。
「還有其他嗎？」湯川在燒水壺中裝完水，開始燒開水後問道。
「其他什麼？」
「就是關於這起事件的疑點，雖然聽起來是一起很單純的事件。」
「嗯，如果說有什麼特別奇怪的地方，就是那件靈異的事，還有一件引人注目的事，就是被害人債務纏身。」
「債務？」
「目前還沒有掌握正確的金額，但至少有四、五百萬，聽說她到處借錢，看她住的地方，發現她的生活紙醉金迷，買名牌上了癮。」

「被害人欠了債務……」湯川嘀咕了一下後問：「死因沒有問題嗎？」

「沒有問題，雖然手腕有不深的傷痕，但似乎沒有關係。」

「手腕受了傷？」正把即溶咖啡粉放進杯子的湯川停下手，回頭看著草薙問：「哪一隻手？是怎樣的傷口？」

「我記得是左手手腕，真的不是什麼嚴重的傷，而且還貼了ＯＫ繃。」

湯川拿著湯匙，不發一語地思考著什麼。不一會兒，燒水壺吐著蒸氣，發出了咻咻的聲音。

「水燒開了。」草薙關掉了瓦斯爐的火。

湯川用湯匙指著草薙說：

「這是你的壞習慣，每次都在最後才說最重要的事。如果你先說這件事，就可以有其他解答。」

「什麼解答？手腕上的傷痕有什麼問題嗎？」

「應該有。」湯川把湯匙上下左右移動，好像當成了指揮棒，「那就帶我去看看那棟有幽靈的房子。」

3

草薙在小杉住的排房前遞給湯川一副白手套。

「你來這裡的事，已經獲得課長批准，課長希望可以有合理的說明。另外，我相信應該不會有什麼問題，但你在碰裡面的東西之前，要記得戴上手套。」

湯川點了點頭，當場戴起了手套。

「避免留下指紋很重要。雖然你剛才說，應該不會有什麼問題，但我的想法不一樣，我認為你們會重新調查這棟房子。」

「我認為幽靈的事和這起事件在本質上沒有太大的關係。」

「很快就可以知道答案了，我們進去吧。」湯川說。

小杉剛遭到逮捕後，草薙曾經來過這裡一次，向還在這裡看家的山下恆彥瞭解情況，山下說的情況和小杉的供詞一致。

當時房間內到處都是啤酒瓶和零食袋，山下在離開之前似乎打掃過了，今天的室內整理得比較整齊，白色波斯貓似乎也已經回到主人身邊。

「一看就知道是光棍住的房間。」湯川巡視著完全沒有任何裝飾，毫無情趣的室內說道。

「聽山下和細谷他們說，他身邊好像真的沒有女生，甚至可能從來沒交過女朋友。只有對方是運動選手時，他才能夠放鬆地和女生說話，而且聊的都是運動方面的話題。」

「簡直就像老古董，即使上一個年代參加運動隊的人，也沒有像他這種人。」湯川苦笑著說。他和草薙之前是帝都大學羽球社的同好。

「細谷說，正因為這樣，所以看到他這麼積極追求酒店的女生感到很意外。細谷還說，因為他之前對女生完全沒有免疫力，所以一旦鑽進牛角尖，可能就會很拚命，我也有同感。」

「小杉單純是因為去了那家酒店，所以才認識被害人嗎？」

「聽小杉說是這樣，而且好像是心血來潮走進那家酒店，也許是因為這個原因，所以他認為是命運的安排。」

「命運的安排喔。」湯川輕輕搖了搖頭，走進室內。最先吸引他目光的是放在衣櫃上的音響。「他的音響很不錯，這是去年剛推出的新產品，雖然很簡單，但音質的重現性很出色。」湯川話音剛落，就打開了電源，按下了播放ＣＤ的鍵，聽了音響喇叭傳來的樂曲聲，湯川意外地瞪大了眼睛。「真是太驚訝了，這是〈睡美人〉，和運動型男人的感覺完全不搭。」

「這種事不重要，你趕快著手解釋幽靈的問題。」

「別這麼著急嘛。」湯川露出淡淡的笑容，看著廚房的碗櫃之類的東西。

說句心裡話，草薙完全搞不懂湯川為什麼對細谷看到幽靈這件事產生了興趣，似乎和被害人手腕的傷痕有關，但草薙完全猜不透兩者有什麼交集。

但是，草薙憑之前的經驗知道，這種時候最好不要隨便發問。

他們看完一樓之後，又一起去了二樓。二樓有兩間分別是兩坪多和三坪的房間，兩坪多的房間似乎是臥室，只放了一個小型五斗櫃，壁櫥內放著有點舊的被子。三坪大的西式房間是工作室，放著電腦桌、書桌和椅子，周圍都是書架，書架上有好幾個資料夾，資料夾相當於書脊的部分貼著標籤貼紙，寫著「職業棒球之一」，或是「大學橄欖球」、「田徑」之類的運動項目，也有「花式滑冰」、「擊劍」這些運動的檔案。

「沒有羽毛球，羽毛球果然是小眾運動。」湯川說。

「先別管這些，在這種地方調查，不是根本沒有意義嗎？細谷是在一樓看到被害人的幽靈，我們趕快下去做實驗。」

湯川聽到草薙這麼說，瞪大了眼鏡後方的雙眼。

「喔，實驗喔，要做什麼實驗？」

「我怎麼知道？像是眼睛錯覺的實驗之類的，你不是為了做實驗，才來到這裡嗎？」

「太棒了，向來排斥理科的你竟然開始說這種話。」湯川用力拍了拍草薙的肩膀，走出了房間，然後走下樓梯。草薙跟在他身後，總覺得自己好像被當成了傻瓜。

回到一樓客廳後，湯川面對窗戶站著。

「只有幾公尺的距離，雖然俗話說，『鬼怪露真形，原是枯芒草』，但這點距離應該不至於看錯，那個姓細谷的人，視力應該沒問題吧？」

「我確認過了，左右眼的裸眼視力都是零點七。」

「零點七……」湯川嘀咕道。

音響的喇叭仍然播放著古典音樂，草薙把旋鈕稍微向左轉，打算調低音量，喇叭傳出了雜音。

湯川看著他。

「我只是想把音量調小聲一點。」草薙說。

湯川不理會他，走向音響，自己轉動了調整音量的旋鈕，每次都傳出滋滋的雜音。
「草薙，你有小杉的照片嗎？」
「不，現在沒有。」
「那小杉的外形怎麼樣？根據你之前的形容，他似乎有點不修邊幅。」
「是啊，老實說，他的衣著打扮有點土。」
「髮型呢？」
「就是很平常的寸頭。」
「喔喔。」湯川開始點頭，然後揚起嘴角，露出詭異的笑容。
「怎麼了？這有什麼問題嗎？」草薙問。
湯川巡視室內，似乎在思考什麼，然後將視線移回音響，用力點了點頭。
「草薙，這起案子可能需要重新偵查。」
「你說什麼？」草薙瞪大了眼睛，「你是說真凶另有其人嗎？」
「不，凶手應該是同一人，只是整起案子的性質完全不一樣了。」
「性質？」
「目前不是認為是衝動殺人嗎？但真的是這樣嗎？」

「如果不是衝動殺人，難道是計畫殺人嗎？怎麼可能？」草薙笑了起來，「怎麼可能有這種漏洞百出的殺人計畫，根本都是走一步算一步。」

「我剛才對你說，即使那個姓細谷的人看到了什麼幻覺，在相同的時刻發生了殺人命案是驚人的巧合。當發生驚人的巧合時，其中也許有某種必然存在，在科學的世界，這是一種常識。也就是說，必須假設在相同的時刻出現幽靈，同時發生了命案，也許是事先安排好的。於是就會發現，這樣解釋更加合乎邏輯。」湯川語氣堅定地說，他的雙眼露出了科學家的眼神。

「合乎邏輯？」

「聽你說明情況之後，有幾件事讓我不得其解。首先，被害人讓小杉進去家裡這件事，無論對方再怎麼糾纏，單身的年輕女生不太可能輕易讓自己不喜歡的男生進自己的房間，我認為是小杉強行闖進她家裡。」

「如果這麼做，被害人一定會大叫。」

「也許根本來不及叫，小杉不是橄欖球選手嗎？只要他使出渾身的力氣，捂住女人的嘴，搶走鑰匙，然後闖入室內根本不是一件困難的事，至少比說服被害人，讓他進去房間輕鬆多了。如果不是用蠻力，也可以用氯仿。」湯川說到這裡點了點頭，似乎對自己的見解很滿意，「沒錯，氯仿更理想，這樣也可以順利解釋被害人手腕上的傷痕。」

「我搞不懂，手腕上的傷痕怎麼了？」

「這是我第二個難以理解的事。在日常生活中，會發生不小心割到手腕這種事嗎？難道是自殺未遂？但聽了你的描述，長井清美感覺不像是這種類型的人。」

「所以呢？」

「所以我認為應該是凶手小杉所為，為了偽裝成自殺動的手腳。如果他在闖進房間時用了氯仿，被害人陷入昏迷，所以割她的手腕時也不會抵抗。」

「但實際上是扼殺。」

「可能發生了什麼意想不到的事，比方說，沒有順利割斷血管之類的。我之前曾經聽說，想要用割腕的方式自殺其實並不容易。」

「那倒是事實。雖然割腕往往很嚇人，但其實經常只是割破表面的皮膚而已，有時候自己下不了手，結果只是留下幾道不致命的傷也是原因之一。」

「他在磨蹭時，被害人醒了過來，於是他在情急之下，就掐死了她——你覺得這個推理怎麼樣？」

「嗯。」草薙低吟著。

「但如果是這樣，現場應該會有血跡。」

「一定是小杉清理乾淨了。你們警方也認為是扼殺，所以並沒有調查血跡反應吧？」

「這……」草薙認為有可能。

「以上就是我認為這次的命案是計畫殺人的根據，不用我說你也知道，小杉之所以不說實話，是因為同樣是逮捕歸案，衝動殺人的罪責比較輕。」

草薙也同意這一點，計畫殺人的罪行會重好幾級。

「所以你認為幽靈的出現也不是巧合嗎？」

「沒錯。」湯川一本正經地說。

「但是因為出現幽靈的關係，才會發現這起命案。」

「所以嘛，」湯川說，「世界上很多事都無法按照計畫進行。」

「什麼意思？你倒是說明一下。」

「只要計畫殺人的內容曝光，就自然知道了，你們首先應該思考動機的問題，既然是預謀殺人，就需要相當大的動機。」

「關於這個問題，我們並不是沒有調查過，只不過小杉和長井清美之間只是酒店小姐和客人、愛上女人的男人和被男人愛上的女人之間的關係而已。」

「你能夠斷言沒有疏漏任何事嗎？」湯川問。雖然他臉上帶著笑容，但語氣很尖銳，「你之前不是說，被害人債務纏身嗎？這方面是不是應該再進一步追查一下？還有那隻貓和看家的人。」

「貓和看家的人？那是怎麼回事？」

「案發當天晚上，小杉家裡不是有一隻貓嗎？所以突然接到採訪任務時，只能僱人來看家。你們不是可以再調查一下，是否真的只是巧合。」

「你認為那也是小杉計畫的嗎？」

「如果幽靈的出現是事先計畫的話，」湯川說完，用中指推了推眼鏡，「不，應該錯不了。」

4

「喔，她給我看過那張照片。」織田不二子坐在吧檯的高腳椅上，從迷你裙下露出的雙腿翹著二郎腿說道。她夾著菸的手指指尖很長，擦了銀色的指甲油。

草薙來到位在新橋的酒店「刺青」，也就是長井清美生前打工的地方。現在是晚上六點四十分，店裡沒有客人。

「妳記得是怎樣的照片嗎？」

「記得啊，那張照片很可怕，她說是在多磨墓園旁拍的，有一棵形狀很奇怪的樹，旁邊拍到了一團好像白色煙霧般的東西。清美說，那可能是幽靈，我倒覺得很難說。」

「多磨墓園喔……她還給妳看了什麼照片？」

「就只有這張而已，她說雖然還拍了幾張，但都沒有拍到幽靈。」

「先別管幽靈，妳有沒有聽她提過，當時是否拍到了什麼有趣的東西。」

不二子偏著頭，想了一下之後搖了搖頭。

「我記得她沒說。」

「是嗎？那請問一下，這是什麼時候的事？」

「你是問清美給我看照片的時候嗎？還是她拍到照片的時候？」

「最好可以兩個時間都告訴我。」

「她給我看照片的時間大約兩個月前，至於她拍照片的時間，我記得她說是去年十二月。」

「十二月就是四個月前嗎？」

「對，她說是聖誕夜的一個星期前，所以是十二月十七日。因為她認為是正牌男友的男人在聖誕夜約了其他女生，她很生氣，就決定一個人開車去兜風，順便去拍靈異照片。」

十二月十七日、多磨墓園——草薙在記事本上記錄下這兩點之後，向不二子道了謝，離開了那家店。

三天之後，他和湯川見了面，他聽從了湯川的建議，重新調查了長井清美債務的事，有了意外的收穫。他發現長井清美這兩個月還了將近兩百萬，而且這筆錢的來源不明，至少不是她之前存的錢。

難道是有什麼意外的進帳嗎？草薙去向細谷忠人打聽了一下，沒想到又從他口中聽到了充滿靈異色彩的回答。

清美這一陣子迷上了攝影，去某個地方拍靈異照片時，拍到了很猛的照片，她稱之為「對我來說是幸運的照片」。

細谷說，他沒有看過那些照片，但也許和清美關係很好的織田不二子曾經看過，於是草薙造訪了「刺青」酒店。

但是不二子似乎也沒看過那張關鍵的「幸運照片」。

草薙離開「刺青」之後，前往帝都大學。他不打算急著回搜查總部，因為雖然課長尊重了草薙認為再進一步詳細調查動機的意見，但搜查總部內的成員都認為這起事件已經偵結，其他偵查員都冷眼看他。

「是喔……原來她十二月十七日去了多磨墓園。」

湯川聽了草薙說明的情況後，坐在電腦前，開始操作鍵盤和滑鼠。草薙剛好對著電腦螢幕的背面，所以看不到螢幕上的內容，更何況即使能夠看到，他也不可能理解湯川的行為到底有什麼意義。

「你認為她說的幸運照片是什麼意思？是拍到了千載難逢的瞬間，可以參加攝影比賽，然後用這筆獎金去還債？」

湯川聽了草薙臨時想到的可能性後一笑置之。

「從長井清美這個女人的個性來看，如果有這種事，她早就四處吹噓了。更何況照片在攝影比賽中得獎，會有兩百萬獎金嗎？」

「嗯，那倒是。」草薙抓著頭。

「在長井清美的家中沒有找到那張關鍵的照片嗎？」湯川雙眼盯著電腦螢幕問道。

「嗯，雖然在她家裡找過了，但沒有找到，也沒有看到底片。」

「所以說，這張照片很可能和命案有關。」

「啊？為什麼會得出這樣的結論？」

「難道不是嗎？在命案發生之後，原本該有的東西不見了，當然會認為兩者之間有關係。」

「喔……」原來還可以從這個角度思考。草薙看著湯川的臉。

「關於那隻貓和看家的人，有沒有查到什麼？」湯川問。

「我查過了，的確有幾個奇妙的地方。」草薙拿出記事本後，打開後繼續說道，「首先關於那隻貓，飼主是附近的書店老闆，夫妻兩人經營了一家小書店，小杉和他們很熟，那隻貓也和他很親近。因為老闆夫婦要去加拿大看兒子和孫子十天左右，所以請小杉代為照顧那隻貓，因為他們的兒子被派到海外工作。」

「現在這麼不景氣，還真是大手筆啊，但這件事並沒有特別的問題。」

「接下來才是重點，聽說是小杉主動要求照顧那隻貓，書店老闆夫婦原本打算請住在世田谷的親戚幫忙，但既然小杉這麼要求，覺得當然找附近的鄰居幫忙比較方便，於是就由他照顧，之前從來不曾有過這種事。」

「原來是這樣。」湯川點著頭，「你繼續說下去。」

「案發當天晚上，小杉前往大阪採訪是因為接到出版社的指示，但仔細瞭解情況之後，發現並非突發性的採訪，而是之前就決定要在這段時間採訪，小杉也知道這件事。」

「也就是說，」湯川終於抬起了頭，「貓和採訪撞在一起有可能是小杉刻意安排的。」

「是啊，只是不瞭解他的目的是什麼。」

「很簡單，不能把貓獨自留在家裡，所以需要僱人來看家。」

「目的是為了僱人來看家嗎？那又是為了什麼目的？」

「當然是為了讓那個人看到幽靈啊。」湯川說完，搖了搖頭，「不，這種情況下不應該稱為幽靈。」

「我完全聽不懂你在說什麼。」

「之後再向你說明，你先看一下這個。」湯川指著電腦螢幕。

草薙走到湯川身旁看著螢幕，螢幕上是幾篇橫排的文章。

「這是什麼？」

「我搜尋了報紙的內容，你看一下這一篇。」

草薙開始看湯川手指的部分。起初有點訝異，但立刻興奮起來。那篇報導的內容如下——

「十八日午夜零點四十五分左右，警方接獲民眾報案，有一名男子倒在府中市XX的市建道路上。府中警察分局員警立刻趕往現場，發現一名六十歲左右的男子被車撞倒死亡，男子頭部受到重擊，研判是當場死亡，該分局正朝肇事逃逸的方向偵辦這起案子。根據該分局的調查發現，男子是在過馬路時被車子撞到，現場位在多磨墓園附近，夜間幾乎沒有行人。」

草薙用力吸了一口氣之後說：「原來是這個！」

「地點、日期，還有大致的時間都一致。」

「等一下，所以長井清美拍到了肇事逃逸的瞬間嗎？」

「這個可能性相當大，所以對她來說，是一張幸運的照片。」

草薙也理解了湯川想要表達的意思。

「她去勒索那個肇事逃逸的人嗎？」

「如果是這樣，突然拿到兩百萬現金也就不足為奇了。」湯川用冷靜的口吻說道。

「如果這件事和這次的命案有關……是小杉肇事逃逸嗎？」

「應該不是，如果是這樣，就變成小杉追求勒索他的人。」

「如果不是小杉，那又是誰？是小杉的家人？還是……」

「女朋友。」湯川說：「不惜殺人也要保護的對象，當然就是自己所愛的女人。」

「但是小杉不是對長井清美……」草薙說到這裡，也終於瞭解了。小杉當初接近清美就是有目的。「但是小杉家裡並沒有像是有女朋友的痕跡。」

「當然啊，事先早就清理乾淨了。」

「是這樣啊。」草薙嘀咕道。

「那現在的關鍵是如何找到那個人，只能找他的熟人一個一個打聽嗎？」

「是啊，但我認為並不是太辛苦的作業，因為範圍相當有限。」

「是這樣嗎？」

「你忘了嗎？當初是你告訴我，小杉只和運動選手的女生說話。」

「喔，對喔，但有很多女性運動選手啊。」

「應該是，但半夜會開車經過那種地方的運動選手就很有限了。」

「我之前曾經聽說，企業旗下的運動選手會在下班之後訓練到很晚。喂，這裡有地圖嗎？」草薙看向書架的方向。

「有最新版的地圖。」湯川操作了滑鼠，幾秒鐘後，螢幕上出現了東京的彩色地圖。草薙目瞪口呆，湯川放大了府中市周圍的地圖。
「人類太依賴文明的利器會導致退化，」草薙不服輸地說了這句話之後盯著電腦螢幕，「府中還真大啊，應該有很多家公司旗下都有運動隊吧。而且那個女人也有可能是外地來的，只是剛好經過府中。」
「如果只是經過，應該會選擇其他更大的馬路。既然特地經過那種偏僻的路，就代表出發地點或目的地就在這附近。」
「即使你這麼說……」
草薙看向螢幕上方。他的眼睛開始有點發痛，他正想揉眼睛時，看到了那幾個字，忍不住「啊！」了一聲。
「你發現了什麼嗎？」湯川問他。
草薙指著螢幕中的一點問：「你覺得有沒有可能是這裡？」
他指向一棟建築物，上面標著「友友滑冰場」。
「喔，原來是滑冰場……」
「據說奧運選手會在非營業時間來這裡練習。」
「小杉的書架上也有寫著『花式滑冰』的資料夾。」湯川說完，點了點頭。

5

金澤賴子看到前田千晶即將進入兩周半跳，忍不住用力握住了拳頭。千晶的右腿踢起跳躍，旋轉的姿勢很不錯，但落地時重心有點不穩。

賴子把嘴湊到麥克風前：

「速度慢下來了，起跳的力道也太弱。」

千晶可能聽到了指示，加快了滑行的速度。組合跳躍。這次很成功。

友友滑冰俱樂部總共有二十名中、小學生，國中二年級的前田千晶與眾不同。可以說，賴子把所有希望都寄託在千晶身上。無論如何，都希望這孩子可以站上世界的舞台——她發自內心這麼想。

就在這時，負責指導小學生的指導員石原由里走了過來。「金澤老師，有客人找妳。」

「這個時間？誰啊？」

「好像是……警察。」

「警察……」

石原由里指向後方。後方的入口站了兩個身穿大衣的男人，其中一人看著賴子微微欠身，她感覺烏雲在內心擴散。

那兩名刑警自我介紹說，他們分別姓草薙和牧田，草薙似乎是上司。賴子和他們面對面坐在自動販賣機旁的休息室內。

「那我就直接請教，妳應該認識嫌犯小杉浩一吧？」草薙問，「也知道小杉犯下的那起案子吧？」

賴子認為裝糊塗並非上策，於是回答說：「對，知道一些。」

「請問妳是在什麼時候、哪裡得知這起事件？」

「我忘了是什麼時候。嗯，我想應該是案發隔天，看電視新聞知道的。」

「妳有沒有很吃驚？」

「那當然……」

「因為太受打擊，所以隔天請假休息嗎？」

「啊？」

「剛才從事務局人員的口中得知，妳在事件發生的隔天，妳向這裡俱樂部請了假，據說擔任主任指導員的妳向來很少請假。」雖然草薙說話的語氣很柔和，但問話咄咄逼人。

無論如何都要撐過去，賴子心想，如果現在不忍住，一切都失去了意義。

「那天只是身體不舒服，和小杉先生的事沒有關係。」

「但是聽說妳和小杉很熟，即使不採訪的時候，他也常來這裡。」

「他很看好前田千晶，並不是……來找我的。」她說話的聲音忍不住變尖了。

「是嗎？這起事件是在這個月十日深夜到十一日的凌晨，十日的時候，俱樂部休息，請問妳在哪裡？」草薙用好像並不是在說什麼重要話題的輕鬆語氣，問了重要的問題。

「我的身體從那天開始就不舒服，所以一直在家裡。」

「完全沒有外出嗎？」

「對。」

「如果可以證明這一點就太好了。」草薙露出親切的眼神看著賴子。

她皺起了眉頭。

「請問這是什麼意思？你暗示我那天做了什麼嗎？」

就在這時，草薙收起了臉上的笑容。

「因為在案發當天晚上，有人在離奇的地方看到像妳的身影。就在嫌犯小杉家附近，只不過目擊者並不認為那個人是妳，以為是長井清美小姐。」

賴子的胸口感到隱隱作痛。

「怎麼可能有這種事？我為什麼要去那種地方？」賴子無法克制自己的臉頰抽搐。

「我們認為是為嫌犯小杉製造不在場證明。」

「什麼……」

「根據我們目前的推理，妳原本計畫假冒長井清美，在那天凌晨一點左右去嫌犯小杉家。他當然不在家，只有受他委託，幫他看家的山下在那裡。他並不認識長井清美，如果妳自稱是長井清美，他應該不會懷疑，在小山告訴妳說他不在家時，妳就轉身離去。但在妳去小杉家之前，嫌犯小杉殺了真正的長井清美，然後偽裝成自殺，然後在凌晨一點左右，和工作夥伴會合。一旦成功，嫌犯小杉就有了完美的不在場證明。警方當然會向山下出示長井清美的照片，問他到底是不是看到這個女人，只不過人的記憶向來很模糊，如果衣著打扮完全不同，那就另當別論，如果在服裝、髮型和化妝方面都刻意模仿，而且年齡相近，身材也相近的話，山下應該不會說當天上門的是另一個女人，於是你們決定把賭注押在這種不確定因素上。」

「請你不要開玩笑，我怎麼可能做這種事？」賴子努力保持平靜，但顫抖的聲音讓她絕望。

「妳有手機吧？」草薙說，「嫌犯小杉也有手機，我們已經查到，那天深夜一點十五分，他曾經打電話給妳，通話時間大約五分鐘，請妳告訴我，你們當時聊了些什麼？」

電話——

賴子想起了當時的電話鈴聲。因為考慮到會留下通話紀錄，所以事先約定，如果沒有特別重大的事，就不會打電話，沒想到電話鈴聲響起，賴子憑直覺知道，他也失敗了。

賴子低著頭。無論如何都必須撐過眼前的局面，但刑警應該已經透過偵查掌握了證據，要如何辯解呢？

而且，讓他一個人扛下所有罪責真的好嗎？她忍不住這麼想。

「起因是那起涉嫌肇事逃逸的車禍嗎？」這時，刑警草薙小聲嘀咕道。

賴子情不自禁抬起頭，看到了草薙的柔和眼神。

那個眼神立刻突破了她的心防。

草薙說得沒錯，那個寒冷的夜晚發生的車禍成為一切的開始。

她完全沒有想到竟然會有人在那裡突然穿越馬路，而且當時前田千晶陷入了瓶頸，她滿腦子都在思考千晶的事，所以晚了零點幾秒踩煞車。她看到一個人影在車頭燈的燈光中飛了起來。

她下車察看狀況。一個男人倒在地上一動也不動。他死了，我殺了他——她感到渾身的血液都在倒流。

當賴子回過神時，發現自己逃離了現場。對不起，對不起，但是我還有很多事情要做——她在內心不停地辯解。

警察早晚會找上門，這種想法之後也一直支配著她，她發現自己犯下的重大錯誤，一天比一天更加害怕。

但是，警察並沒有上門，上門的是長井清美。

她向賴子出示了一張照片，照片上清楚拍到了賴子在車禍現場下車時的身影，賴子當時的確覺得有光閃了一下，完全沒想到那時候被人拍下了照片，當時也沒有餘裕去確認這件事。但是，清美出示的那張照片上，可以清楚看到夾克上印的滑冰俱樂部名字，她也因此知道清美為什麼知道自己是肇事逃逸的凶手。

暫時先給一千萬，清美說，還說這是封口費。

「暫時是什麼意思？我付了之後，妳還要再來勒索嗎？」

「現在還不知道，要到時候才知道。」

賴子說她付不出那麼多錢，清美回答說，可以分期付款。

「妳要趕快籌錢，我信用卡的帳款越來越多，真的很傷腦筋。」清美用幾乎是天真無邪的語氣說道。

幾天之後，賴子去銀行領了存款，交給清美兩百萬。

「等妳下次籌到錢時記得通知我，如果等太久，我就會來催妳。」清美把錢放進皮包時說。

不能這樣下去，她會糾纏我一輩子，賴子煩惱了很久，和小杉討論了這件事。賴子在將近一年前開始和他交往，但這件事並沒有告訴任何人。

小杉對賴子說的肇事逃逸和勒索兩大難題，露出了苦惱的表情，但是他最後對賴子說：「好，我會想辦法解決。」

賴子覺得小杉的聲音聽起來無比可靠。

但是，小杉的計畫太魯莽。他打算接近清美，和她建立親密關係之後，搶走賴子肇事逃逸的證據，而且他沒什麼和女生交往的經驗，對他來說，完成這個任務的難度太高了。

不久之後，賴子就接到了清美的催款電話。清美在電話中說，如果不在這個月底至少給她一百萬，她就會把照片寄給警察。

小杉做出了最後的決定，他說，唯一的方法就是讓清美從這個世界上消失。

「但是，會成功嗎？」

「一定會成功，我到目前為止，從來沒有在關鍵時刻失手過。」

小杉的計畫很複雜，最讓賴子驚訝的是，她必須假扮成清美去小杉家。

「別擔心，我請來為我看家的山下神經很大條，妳和清美身材差不多，只要模仿她的髮型和衣服，就可以輕易騙過他。」

「衣服……」

「她很喜歡黃色，只要穿上黃色的衣服，任何人都會覺得山下看到的女人就是清美。」

「但如果和她死的時候穿的衣服不一樣，警察不是會懷疑嗎？」

「清美會在自己家裡自殺，警察會覺得她回家之後換了便服而已。萬一她穿了其他顏色的套裝，我會設法讓她換衣服。」

如果見到山下，要盡可能露出煩惱的表情，說是為了債務的事，想和小杉商量。這樣既可以為小杉製作不在場證明，也可以讓清美的自殺看起來更合理。

至於小杉要讓清美偽裝成自殺的方法，賴子一聽就覺得很危險。小杉會在清美住家附近等她回來，然後用乙醚讓她昏倒，再用鑰匙進入她家，找到賴子肇事逃逸的證據，最後割她的手腕，浸在浴缸裡。

小杉說，這個計畫雖然很危險，但他必須動手，否則一切都完蛋了。

既然小杉這麼說，賴子只能聽從他的意見。因為整件事原本就是自己造成的。

到了那天晚上。

她搭計程車來到小杉家附近，深呼吸後走向他家。那時候將近一點。

她正打算按玄關的門鈴，就在這時，聽到屋內隱約傳來說話的聲音。喂，山下，你睡著了嗎？——她似乎聽到有人在說話。

她立刻發現，除了山下以外，還有其他人在小杉家。在發現的同時，忍不住著急起來。因為如果不是山下一個人，是否會增加危險？

屋內的燈很快就暗了。

賴子站在窗邊，想要察看屋內的情況。到底誰在裡面？

沒想到就在這時，她和在黑暗中的男人對上了眼，而且對方小聲地叫著清美的名字。對方認識長井清美——她立刻意識到這件事，急忙轉身離去。當她來到馬路上蹲下身體時，聽到那個人用比剛才更大的聲音叫著清美的名字。

不一會兒之後，就接到了小杉打來的電話。

「對不起，我失敗了。」小杉的聲音很沮喪，聽起來好像是井底深處發出的聲音。

「你沒有動手嗎？」

「不，我動手了。」小杉停頓了一下，繼續說了下去，「我殺了清美。」

「既然……」

「但沒辦法偽裝成自殺，因為我擔心她中途會醒過來大叫，所以就忍不住……」

「怎麼會……」

「但是妳不用擔心，我找到了那個證據，然後立刻銷毀了，手腕的傷口也偽裝了一下，假裝是之前留下的。」

賴子咬著嘴唇，她不知道該說什麼。

「妳那裡的情況怎麼樣？」

「我這裡……」賴子向小杉說明了情況了，小杉似乎也沒料到竟然會有兩個人在他家裡。

「是嗎？那也沒辦法，只能聽天由命了。」

「我們會怎麼樣？」

「別擔心，一定會沒事。」他硬是擠出開朗的聲音說道。

但是，好運並沒有降臨在他們身上。

6

「——這就是所有的情況。」草薙說完這個很長的故事後，坐在椅子上伸了一個懶腰，「幾乎都和你的推理一致，真是太佩服你了。」

「這種程度的推理並不難，只要把每一個答案連結起來，每個人都可以得出這種結論。」湯川一臉無趣的表情喝著即溶咖啡。

「你怎麼知道幽靈本尊也是共犯？」

「因為從某種角度來說，這是最簡單的推理，當遭到殺害的女人被人看到出現在完全不同的地方，其中一定隱藏了什麼詭計，只要思考是為什麼目的設下的詭計，就會想到是為了製造不在場證明。」

「但這不是需要女人成為共犯嗎？小杉周圍完全沒有女生的影子，你為什麼仍然毫不猶豫地這麼認為？」

「我並不是沒有猶豫，所以才去看了小杉住的地方，然後確信他有親密關係的女人。」

「你看了他的房間後發現？他住的地方完全感受不到女人的氣息，難道隱藏了什麼提示嗎？」

湯川露齒一笑說：「就是滋滋啊。」

「滋滋？那是什麼？」

「小杉的音響在轉動音量的旋鈕時，不是會發出雜音嗎？在音響器材廠商的專業用語就稱為滋滋，可能是因為雜音聽起來就是滋滋的聲音。」

「喔，音響用久了，經常會發出那種聲音。」

「問題就在這裡，小杉的音響還很新，為什麼會發出滋滋的雜音？造成滋滋聲的原因是矽化合物，旋鈕上的潤滑油和飄浮在空氣中的微小矽粒子結合，形成了矽化合物。」

「我知道你很博學多聞，這和女人有什麼關係？」草薙不耐煩地問。

「某家音響器材廠商蒐集到奇妙的數據資料顯示，摩鐵使用的音響通常更早出現滋滋雜音。優秀的研究人員努力調查其中的原因，最後終於得出一個結論。」湯川豎起了食指，「原因在於女人使用的定型噴霧，定型噴霧中的矽粒子進入了音響器材內。」

「定型噴霧……」草薙想起了湯川之前問他的問題，「難怪你問我小杉的髮型。」

「因為既然他留的是寸頭，就根本不需要定型噴霧。」湯川笑著舉起了馬克杯。

「原來是這麼一回事，原來女人可以有不同的方式留下痕跡。」

「有的看得到，有的看不到，真的五花八門。對了，那兩個可憐的凶手現在怎麼樣了？」

草薙聽了湯川的問題，忍不住嘆了一口氣說：

「每天晚上對死在自己手上的鬼魂感到害怕不已。」

「因為鬼魂就在心裡。」

湯川用力拉開了窗簾。

第三章

騷靈

1

早報上沒什麼重要的內容。草薙俊平用吸管吸著裝在紙盒內的牛奶，看著運動版。他支持的讀賣巨人隊在第九局下半場被對方球隊打出再見全壘打，逆轉吞敗。他皺著眉頭，收起了報紙，然後把手伸進睡衣，用力抓了抓側腹。五月的陽光照在放了泡麵容器的桌子上，草薙用吸管大聲喝完牛奶時，把紙盒丟進了垃圾桶，沒想到反而讓已經裝滿垃圾的籐製垃圾桶內的幾件垃圾掉了出來。因為他幾乎不下廚，所以他的垃圾桶裡幾乎都是便利商店便當的空盒子，和三明治的包裝紙這些便利商店食品相關的垃圾。

他心情鬱悶地撿起垃圾，順便巡視了一房一廳的室內。鋪在地上的被子沒有折，地面除了日常走路的通道以外，根本已經沒有立足之地。家裡這麼亂，即使交到了女朋友，也沒辦法帶回家，連他自己都覺得很沒出息。

他決定來打掃家裡，剛站起來，電話就響了，草薙從成堆的週刊雜誌中找到了無線電話的子機，接起了電話。

打電話來的是森下百合，她是草薙的姊姊。

「姊姊，怎麼是妳啊。」

「什麼叫怎麼是我，我沒事也不想打電話給你，我打這通電話也很不甘願。」百合一口氣說道，草薙從小和姊姊鬥嘴，就從來沒贏過。

「好啦，妳找我有什麼事？」

「你今天是不是休假？」

「妳怎麼知道？」

「我聽媽媽說的。」

「喔，原來是這樣。」

草薙的父母都還健在，目前住在江戶川區。三天前，他因為法事的相關事宜和母親通過電話。

「有一件事想問一下你的意見，你可不可以在今天下午兩、三點來新宿？」

「今天？等一下就見面？這麼急啊。」

「這件事很緊急，沒關係嘛，反正你也沒有約會的對象。」

「所以就要和妳約會嗎？真讓人提不起勁。」

「你不必擔心，我也沒閒工夫和你單獨見面，我會帶一個女生一起去，我希望你給她一點意見。」

「是喔。」聽到有女生，草薙心動了，「是什麼樣的朋友？」

「我朋友的妹妹，」百合說完後又補充說：「她是美女，聽說以前還當過禮賓小姐，應該比你小五歲。」

「是喔。」草薙越來越有興趣了，「嗯，這種事不重要。」

「你會來和我們見面吧？」

「既然妳都這麼說了，那有什麼辦法呢？她遇到很大的麻煩嗎？」

「對，很大的麻煩，我聽她說了之後，覺得最好問一下你的意見。你一定要幫她出出主意，我相信她一定會很倚重你的意見。」

「好，沒問題，她要問的是哪方面的問題。」

「詳細情況等見面再說，但總之是失蹤事件。」

「失蹤？誰失蹤了？」

「她老公啊。」

草薙和百合她們約在新宿西口高樓內的一家咖啡廳見面。他覺得自己上了姊姊的當，如果早知道對方是有夫之婦，也許就不會浪費難得的休假來這裡。

百合她們已經來了。當草薙走進咖啡廳時，百合在後方的座位向他揮手，坐在她旁邊的女人的確年輕漂亮，而且散發出已婚女子的穩重。可惜名花有主了，草薙走過去時忍不住這麼想。

百合為他們相互介紹。那個女人名叫神崎彌生。

「不好意思，打擾你的休假了。」彌生鞠躬說道，一旁的百合說：「沒關係，反正他也閒著無聊。」

「聽說妳先生失蹤了？」草薙進入了正題。

「對。」彌生點了點頭。

「什麼時候失蹤的？」

「五天前，那天他去公司上班之後就沒再回來。」

「五天……妳報警了嗎？」

「已經報警了，但目前好像沒有任何線索……」她低下了頭。

彌生的丈夫神崎俊之是健康器材廠商的售後服務工程師，主要去養老院和復健中心維修保養健康器材，幾乎很少在公司，一整天都開著廂型小貨車在外面奔波。

公司方面說，俊之在五天前下午離開公司，之後連同小貨車一起失蹤了。

「公司方面也調查了我老公所有可能去的地方，仍然不知道他的下落。我老公在傍晚五點左右離開八王子的一家養老院，之後就失去了行蹤。」

彌生壓抑的聲音顯示她似乎努力冷靜表達，但草薙發現她紅了眼眶。

「希望不是被捲入車禍。」百合不安地說。

「雖然我無法斷定，但我認為車禍的可能性很低。」

「是嗎？」

「警方在接到有人報失蹤時，第一件事就是照會全國的車禍資訊。如果廂型小貨車發生車禍，不可能到現在都沒有確認這起車禍，更何況如果是鳥不生蛋的偏遠地區也就罷了，妳先生最後出現的地點是在八王子。」

「那倒是。」百合聽了草薙的說明後，也小聲嘀咕。

「妳先生有沒有憑自己的意志失蹤的可能性？完全沒有這種可能性嗎？」草薙問彌生。

「不可能。」她搖著頭，「我完全想不到他有任何理由這麼做，而且如果要離家出走，怎麼可能什麼都不帶？」

「家裡有沒有什麼東西不見了？比方說存摺之類的。」

「警察問了我之後，我回家檢查了一下，完全沒有少任何東西，至少他沒有帶走任何值錢的東西。」

「是這樣啊。」草薙點了點頭。

目前仍然無法完全排除她先生離家出走的可能性，因為草薙知道，有不少人兩手空空離家出走，從此銷聲匿跡。而且如果是有計畫的失蹤，就會事先巧妙地轉移銀行存款，慢慢把家裡的貴重物品搬出去，讓人無法馬上發現是主動離家。

「我瞭解妳說的情況了，」草薙說，「但恕我直言，我認為自己幫不上什麼忙。如果妳已經報警，就只能等待警方的聯絡。」

「你這個人真是冷酷無情。」百合瞪著他說。

「因為我也只是警察，我能做的事，當地警察都會做。反過來說，如果當地警察一籌莫展，我也同樣束手無策。」更何況我的工作是偵辦殺人命案，並不是找失蹤人口——他把最後這句話放在心裡。

百合沉默不語，草薙在尷尬的氣氛中喝著咖啡，咖啡有點冷了。

「那個……」彌生抬起頭，直視著草薙的臉，「有一件事讓我很在意。」

「什麼事？」

「我老公離開八王子的安養院之後，可能去了一戶人家。」

「喔……那是哪裡？」

「我老公之前在公司負責淨水器的銷售工作，那時候經常造訪住家。」

「所以呢？」

「那時候他和一位獨居的老太太關係很不錯，即使不需要保養淨水器，只要去附近時，就會去拜訪那位老太太。聽我老公說，那位老太太的腰腿不方便，心臟也不好，所以會不時去關心她。」

「現在也常去看那位老太太嗎？」

「每個月會去一次左右，因為有時候他會帶一些饅頭或是點心回來，說是那位老太太送的。」

「那位老太太住在哪裡？」

「府中。」

彌生打開皮包，拿出一張賀年明信片放在桌上。用鋼筆寫的字很漂亮，寄件人的名字是高野秀，地址的確是在府中。

「妳有沒有和這位高野老太太聯絡過？」草薙甩著明信片問。
「我打電話去問了。」
「高野老太太怎麼說？」
「這……」彌生低下了頭，似乎在遲疑什麼，不一會兒，她再度抬起了頭，「高野老太太去世了，就在幾天前……」

2

打開帝都大學理學院物理系第十三研究室的門，立刻看到了藍白色的火焰。身穿白袍的湯川學手上拿著瓦斯噴燈站在那裡。
「你怎麼不敲門就直接闖進來？」湯川大聲問道。因為瓦斯噴燈的聲音很吵。
「我敲過了，只是你沒有回答。」草薙也大聲回答。
湯川把火滅了，放下了瓦斯噴燈，然後脫下身上的白袍。
「好熱，這個試驗果然不適合在室內進行。」
「實驗？什麼實驗？」

「這是非常非常簡單的電力實驗。讀小學的時候不是做過嗎?把電池和燈泡連結在一起,然後打開開關,燈泡就亮了,就是這種實驗。」

湯川指著實驗桌說道。

實驗桌上放著看起來像是電源的四方形盒子,用兩根電線連著一顆像軟式棒球般大小的燈泡,這些和小學時做的實驗沒什麼不同,但其中一條電線中間是幾公分的玻璃棒。

「這根玻璃棒是什麼?」草薙問。

「就是玻璃棒。」湯川回答。

「玻璃不是無法導電嗎?還是什麼特殊材料?」

「你覺得呢?」湯川露出了笑容。這位年輕的物理學家對於老同學經常問一些對科學一竅不通的問題樂在其中。

「正因為我不知道,所以才問你啊。」

「你在發問之前可以自己先試試,只要打開開關就搞定了。沒錯,那個盒子上面的就是開關。」

草薙聽到湯川這麼說,戰戰兢兢打開了開關。他不由得緊張了一下,以為會發生什麼可怕的事，但什麼都沒有發生。
「搞什麼嘛，燈果然不亮啊。」
「這不是什麼特殊材料，只是普通的玻璃。玻璃是絕緣體，無法導電。」
「既然這樣……」
「但是，我們來看看這樣之後的情況。」
湯川用打火機點了火，然後又為瓦斯噴燈點了火。瓦斯噴燈冒出飄動火焰，湯川調整空氣量後，變成了強而有力的藍白色火焰，他把火焰靠近玻璃棒，玻璃棒下方墊了磚塊。
玻璃棒被瓦斯噴燈的火焰加熱後，慢慢變成了紅色，好像隨時都會熔化。不一會兒，發生了驚人的現象。燈泡竟然亮了起來。也就是說，玻璃棒竟然可以導電，草薙忍不住「啊！」了一聲。
「玻璃的主要成分是矽離子和氧離子，在固體的狀態下，兩者緊密結合在一起，但是當加熱熔化後，這種結合就變得不穩定，帶有正電的矽離子聚集在負極，帶有負電的氧離子聚集在正極，於是就可以導電了。」
草薙聽不太懂湯川說明的內容，只知道眼前半熔化的玻璃棒和平時看到的玻璃具有完全不同的性質。

湯川熄了瓦斯噴燈的火，草薙知道實驗結束了。玻璃會恢復原狀，無法再導電，燈泡也會熄滅，沒想到他錯了。即使沒有瓦斯噴燈加熱，玻璃棒仍然持續發光，燈泡也仍然亮著。

「當電流達到某種程度之後，阻力產生的熱量會讓玻璃棒本身持續發熱，於是，即使不需要加熱，也可以持續導電。」

「是喔，很像是多次犯罪的人的心理。」草薙說。

「什麼意思？」

「最初有犯罪動機，因為這個動機而情緒激動犯了罪，在犯罪之後，情緒更加激動，無法明辨是非，結果又犯了下一次的罪，簡直就是典型的惡性循環。當回過神時，最初的動機根本已經無關緊要了。」

「哈哈哈，」湯川笑了起來，「原來是這樣，的確很像。」

「必須在某個時間點關掉開關。」

「如果不關掉開關，就會變成這樣。」

湯川指著玻璃棒說。發出紅色強光的玻璃棒因為自己發出的熱量而熔化斷裂，燈泡也跟著暗了下來。

「最後就會自取滅亡。」

「美福」位在離大學走路幾分鐘的地方，雖然是居酒屋，但可能因為大部分客人都是大學生的關係，也供應各種定食。草薙以前經常出入這裡，沒想到這個年紀還會來這裡，但湯川說，來這裡吃飯就足夠了，所以草薙也只好一起來了。

草薙今天回到母校沒有特別的事，只是想找湯川一起喝酒、吃飯而已。他們兩個人像以前一樣並肩坐在吧檯深處的座位。

聊了一陣子共同朋友的近況後，草薙把白天見到神崎彌生的事告訴了湯川。草薙只是做為閒聊的話題，湯川也並沒有太大的興趣，只是對草薙說：「最好去調查一下那個姓高野的老太太住的地方。」

「你也覺得有這個必要嗎？」

「她的親戚很令人在意。」草薙為湯川的杯子裡倒了啤酒，然後把剩下的啤酒倒進自己的杯子。

聽神崎彌生說，她打電話去高野秀家時，一個男人接了電話。那個男人說，他是高野秀的親戚。神崎彌生問他，請問她的先生有沒有在高野家，對方回答說，不認識這個人，因為老太太死了，家裡忙成一團，然後就掛上了電話。

彌生仍然感到不放心，直接去了高野家，一個年近四十的男人出來應門，感覺不是之前接電話的人。

彌生出示了神崎俊之的照片，問那個男人，照片上的人最近有沒有來這裡，那個男人根本沒有仔細看照片，就回答說最近都沒有人來過這裡。彌生還想繼續發問，男人皺起眉頭大聲咆哮說：「妳有完沒完啊？我說沒見過就是沒見過。如果妳想找麻煩，別怪我不客氣。」

彌生在無奈之下，只能離開高野家，但不經意地向左鄰右舍打聽了情況，結果得知目前有幾個男女住在高野家，這幾個人從兩個月前開始出入高野家，漸漸就住了下來。高野秀在生前曾經說他們是侄子和侄媳婦，也許是因為獨居太寂寞的關係，高野秀在說這些話時顯得很開心。

高野秀的死因是心臟麻痺，聽說只有在町內的活動中心舉辦了低調的葬禮，但彌生很在意一件事，那就是高野秀去世的那一天也剛好是神崎俊之失蹤的日子。

「但如果要調查，就需要有理由。」草薙說，「目前的情況無法採取行動，至少無法以刑警的身分採取行動。」

「我有一個朋友很討厭推理小說，」湯川把海參送進嘴裡說道，「至於為什麼討厭，是因為他覺得推理小說中的凶手都很蠢。他們為了欺騙警察，會在殺人方法上絞盡腦汁，卻不用心處理隱藏屍體的事，但其實只要藏好屍體，連是否發生了命案都無法確定，警方當然也不可能展開搜索。」

「你這個朋友就是你自己吧？」

「你說呢？」湯川把啤酒一飲而盡。

3

在新宿的飯店見面大約兩個星期後，神崎彌生又打電話給草薙。這段期間，草薙無法幫上她任何忙，因為逮捕了某起事件的凶手，整天忙於調查工作，鞏固明確的證據。

「不好意思，最近很忙……原本打算找機會去看一下。」草薙忍不住辯解道，「警方那裡都沒有消息嗎？」

「對，我之前問了一次，但警方的回答也不得要領。」

「是這樣啊。」

草薙並不感到意外。因為警方只有在發現不明屍體時，才會想到失蹤人口。

「草薙先生，其實那天之後，我去了高野家幾次。」彌生語帶遲疑地說。

「有發現什麼狀況嗎？」

「不，也不能說是有什麼狀況，只是有點奇怪……」

「怎麼奇怪？」

「那幾個人每天晚上都會出門，而且每天出門的時間都很固定。」

「等一下，神崎太太，妳每天晚上都監視那棟房子嗎？」

草薙問，彌生陷入了沉默，可以聽到她輕微的呼吸聲。

「不，我並不是在責備妳。」草薙慌忙補充說，「我只是很納悶，妳為什麼會這麼在意那戶人家。」

「因為……直覺。」

「喔，直覺啊。」

「你應該會覺得很好笑吧，我竟然對刑警說什麼直覺。」

「不，沒這回事。」

「我也去拜訪了我老公最後去的八王子養老院，也見到了那天和我老公聊天的奶奶，那位奶奶說，我老公很關心她，她感到很高興。聽到她這麼說，我立刻覺得，我老公離開養老院後，不可能沒有去高野奶奶家。因為他去養老院時，一定會想起高野秀奶奶。」

這一次輪到草薙陷入了沉默。彌生的話很有說服力，雖然只是直覺，但並非毫無根據，或者可以說是很合理的直覺，也許湯川學聽到這種話會覺得很受不了。

「妳剛才說，他們每天晚上都在相同的時間外出。」草薙想起彌生剛才說的話問道，「妳沒有確認他們去哪裡嗎？」

「對，我沒有確認他們去哪裡，因為我覺得有點害怕……」她吞吞吐吐起來。

草薙察覺了她的意圖，也知道她打這通電話的用意。

「好。」草薙說，「我明天晚上有空，和妳一起去監視。」

隔天晚上七點半，草薙和彌生兩個人坐在一輛紅色小汽車內。這是神崎家的車子，但彌生說，俊之幾乎很少開這輛車。

「也許是因為他平時工作每天都要開車，所以假日時就想放鬆一下。」

她在說這番話時，臉上的表情似乎已經對丈夫還活著不抱希望了。

他們把車子停在路旁，對面是一排老舊的日式房屋，都是昭和四十年代建的房子，從左側數過來第三家是高野家。從外觀看起來並不寬敞，草薙猜想佔地面積大約三十坪左右。

聽彌生說，目前有兩對夫婦住在這裡。一對是高野秀的侄子和侄媳婦，另一對好像是侄媳婦的哥哥和嫂嫂，至少他們對周圍的鄰居這麼說。

「但是，」彌生說，「鄰居對他們的風評很差。剛搬來和高野秀住在一起時，曾經表現得很親切，但在高野秀死了之後，他們的態度立刻大變，現在連招呼也不打。」

「這四個人怎麼會搬來和高野秀同住？」

「高野秀告訴鄰居，她的侄子最近被公司資遣，被趕出了公司的宿舍，所以來投靠她。至於另一對夫妻，她也說就像是親戚。」

「是喔。」草薙感到難以理解，「妳說她侄子被公司開除了，目前在做什麼？沒有去工作嗎？」

彌生用力點了點頭。

「聽附近的鄰居說，整天都遊手好閒，不光是那個侄子，另外一個男人也一樣。」

「那個人也失業，沒有地方可住嗎？」

「但是，」彌生微微偏著頭，「他們看起來不像是缺錢的樣子，身上穿的衣服也不便宜。」

「這樣啊。」

「而且看起來也不像在找工作。總之，那四個人整天都在家裡。」

「但每天晚上八點的時候……」

「對，」彌生點了點頭，看向斜前方，「四個人都會出門。」

草薙看著手錶，已經快八點了。

在離八點還有三分鐘時，一個男人先走了出來。那個男人很胖，穿著白色POLO衫，圓滾滾的肚子好像孕婦一樣，接著走出來一個女人，年紀大約三十五、六歲，也可能快四十了。她很瘦，臉上的妝很濃。

他們等在屋前，又有一對男女走了出來。兩個人都很瘦小，男人穿著運動服，長髮綁在腦後，女人穿著牛仔夾克，下面是一件幾乎拖地的長裙。兩個人看起來都三十歲左右。

「我上門時，就是那個穿白色POLO衫的人出來。」彌生說。

「妳說他們沒有車子？」

「對，每次都是四個人一起走路，雖然我好幾次想跟蹤他們，但他們看過我的長相……」

「好，那妳留在這裡。」

草薙下了車，快步跟在那四個人後方。

那兩對男女走向車站。比較年輕的那一對走在前面，那對中年男女跟在他們身後。草薙從後方觀察，發現他們彼此幾乎沒有互動。雖然朝夕相處，看起來卻不怎麼親密，但也可能因為整天在一起，彼此已經無話可說了。

草薙原本以為他們在固定的時間外出只是去吃飯，但彌生說不可能。因為他們就連叫了壽司外賣的日子，也都在晚上八點出門。

他們看起來也不像是要去社區大學上課——草薙一邊小心謹慎地和走在前面的四個人保持距離一邊想道。

不一會兒，商店街出現在前方，但這個時間已經很少有店家還在營業。四個人沒有改變速度，繼續往前走。

他們突然停了下來，簡短地聊了幾句之後，走進旁邊那家店。那是一家烤肉店。

原來真的是吃晚餐——

如果是這樣，應該不會這麼快離開。草薙巡視周圍，看有沒有什麼地方可以打發時間。

沒想到那四個人的行動有了變化。只有身穿白色ＰＯＬＯ衫的男人和那對年輕夫妻走進烤肉店，中年女人繼續往前走。草薙毫不猶豫跟在女人身後。

女人摸著一頭燙過的長髮走在商店街，不時看向書店或是其他店家，但並沒有走進去。草薙覺得其中一定有問題。

沒想到——

她來到柏青哥店前，毫不猶豫走了進去。草薙感到驚訝的同時，也跟著走了進去。

女人在店裡逛了一下，在其中一排中間的機台前坐了下來。然後買了小鋼珠打了起來。草薙找了一個可以看到她的座位，也打起了小鋼珠，以免遭到懷疑，他已經很久沒打小鋼珠了。

她和別人約在這裡見面嗎？草薙這麼猜想，但沒有人靠近她，女人也很專心地打小鋼珠，就這樣過了將近一個小時。

女人低頭看著手錶，依依不捨地看著機台後站了起來。她似乎輸了錢，然後沿途看著別人打小鋼珠的狀況，慢慢走向出口，草薙也急忙跟了上去。

女人沿著來路往回走，並沒有去其他地方。當她來到剛才那家烤肉店時，打開了門，向店內張望，但並沒有進去。

另外三個人從店裡走了出來。穿白色POLO衫的男人用牙籤剔著牙，剛才可能喝了啤酒，臉有點紅。男人不知道問了女人什麼，女人搖了搖頭。可能是問她在柏青哥店的戰績，男人見狀，淡淡地笑了笑。

四個人又走回家。和剛才來的時候一樣，他們的步伐很懶散，在他們身上感受不到任何意圖或是目的。他們八點出門，其中三人是為了填飽肚子，另外一個人是去打小鋼珠，但為什麼每晚八點出門？只是因為養成了準時的習慣嗎？

那四個人就這樣回了家。草薙看他們進屋後，回到了彌生的車上。

他把跟蹤看到的情況告訴了彌生。

「我覺得他們的行動似乎沒有特別的目的，如果真的有什麼，就是他們在烤肉店做了什麼，但我覺得他們只是去吃飯而已。妳覺得呢？」

草薙看著彌生的側臉問道，但同時大吃一驚。因為她臉色蒼白。

「發生什麼事了？」草薙問。

彌生舔了舔嘴唇，然後緩緩轉頭看著他。

「你去跟蹤時，我走去看了那棟房子，因為我以為可以找到什麼線索……」

「結果呢？」草薙內心不安起來。

「其實我原本想進去，但門都鎖著。」

「妳太衝動了。」

「沒想到，」她用力深呼吸，「屋裡突然傳來動靜……」

「啊？」草薙睜大了眼睛。

「那時候我剛好站在窗戶旁，聽到了家具撞到牆壁的聲音，還聽到好像有人跑來跑去的聲音……」

「人的聲音呢？有沒有聽到人的聲音？」

她搖了搖頭說：「沒有聽到人的聲音。」

「妳有沒有做什麼？」

「因為我想可能是我老公，所以就敲了敲窗戶。因為我想我老公可能被關在裡面……但是沒有聽到聲音，過了一會兒，那些聲音也聽不到了。窗戶拉著窗簾，完全看不到裡面的情況。」

草薙發現自己的心跳加速，除了那四個人以外，還有其他人在那棟房子內嗎？

「草薙先生，那是不是我老公？他是不是遭到監禁，無法說話？所以就趁他們出門時拚命掙扎，想要求救……」

彌生的情緒很激動，所以不太冷靜，但沒有理由認定她說的話是妄想。

「好，那妳等一下。」

草薙再度下車，走向高野家的方向。

房子周圍是老舊的木板圍牆，所以即使踮起腳，也無法看到裡面的情況。草薙調整了呼吸，整理頭緒後站在大門前。那裡有一個塑膠門鈴。他按了門鈴。

十幾秒後，玄關的拉門打開了。但拉門似乎不太嚴實，打開時搖晃著，發出了嘎答嘎答的聲音。一個男人從門內探出頭，是那個年紀比較輕的男人。

「不好意思，這麼晚來打擾。」草薙露出和藹的表情走了進去，「我想確認一件事。」

「什麼事？」男人皺著眉頭，露出神經質的表情。

草薙出示了警察證，年輕男人臉上的表情更加陰沉。

「因為有鄰居報案，說聽到這棟房子內有打鬥的聲音。」

「沒有人在打鬥啊。」

「是嗎?但鄰居說聽到了。」

男人聽到這句話,臉上的表情明顯發生了變化,臉色一下子發白。

「我想應該聽錯了,不要說這種莫名其妙的話。」

「可以讓我進去看一下嗎?」

「為什麼要讓你進去看?」男人板著臉說。

「只要稍微看一下就好,馬上就結束了。」

「我拒絕。」

「沒關係啦。」這時,屋內傳來一個聲音,那個身穿白色POLO衫的男人從年輕男人背後現身,他對草薙露出親切的笑容。

「就讓他進來看一下,馬上就可以搞清楚了。」

年輕男人畏縮地低頭不語。

「打擾了。」草薙走了進去。

脫鞋處雜亂堆著好幾雙不同的鞋子,明顯超過四雙,但草薙並沒有太注意這件事。因為即使他們監禁了某個人,也不可能把那個人的鞋子留在那裡。

房子整體呈縱向的細長形，一進門就是樓梯，旁邊是通往後方的走廊。草薙沿著走廊往裡面走。

走廊右側面向院子，但目前遮雨窗關著。遮雨窗內側有四扇落地窗，兩扇窗戶交集的部分有棒狀的插銷鎖。因為有四扇窗，所以有兩個插銷鎖，但其中一個壞了，並沒有上鎖。

走廊左側有兩間連著的和室，兩個女人在那裡。年長的女人一隻手架在矮桌上抽著菸，年輕女人抱著膝蓋坐在那裡，正在看老舊的十四吋電視。兩個女人都用看著異端的眼神抬頭看著草薙。

「這個人是誰啊？」年長的女人問。

「他是警察。」白色POLO衫男人說，「好像是附近的鄰居報了警。」

「是喔……」女人和草薙對上了眼，但立刻看向電視。這時，草薙發現女人的手腕上繞著佛珠。她這麼虔誠嗎？草薙感到有點意外。

草薙巡視室內，有點剝落的牆壁和變色的榻榻米訴說著這棟房子的屋齡，放茶具的矮櫃也頗有歷史。

矮櫃旁有兩個花瓶倒在地上，裝了簽名板的畫框也直接放在榻榻米上。從矮櫃上的灰塵形狀來看，發現花瓶和畫框原本都放在矮櫃上。草薙很納悶為什麼沒有放回去，但並沒有發問。因為他沒有理由問這個問題。

隔壁的和室放著老舊的櫃子和佛壇，榻榻米積了灰塵，看起來很髒。奇怪的是這個房間沒有燈光，原本從天花板垂下來的和風日光燈被拆了下來，放在房間角落。

「為什麼不把燈裝上去？」草薙問。

「原本打算裝上去，但這個燈壞了。」穿白色POLO衫的男人回答。

這個房間有一扇小窗戶，拉著棕色的窗簾。彌生應該在這個窗戶外聽到了動靜。

草薙之後又看了廚房，也去了二樓察看。二樓也有兩個房間，都鋪著被子。

「怎麼樣？是不是沒有任何問題？」下了樓梯後，白色POLO衫男人問。

「好像是，但可不可以請你告訴我這裡的電話號碼？然後還有各位的名字。」

「不需要留我們的名字吧，我們又沒有做什麼壞事。」男人嘻皮笑臉地說。

「那至少留一下戶長的名字，之前的戶長是高野秀老太太，現在是哪一位？」

「是我。」年輕男人在一旁說道。

草薙拿出記事本，問了他的名字。年輕男人說他叫高野昌明，似乎真的是高野秀的侄子。

「請問其他幾位和你是什麼關係？」

「我老婆……這對夫妻是我朋友。」

「朋友？」草薙忍不住問：「你和朋友住在一起？」

「只是暫時借住一陣子。」白色POLO衫的男人說。

你的「暫時」還真久啊。雖然草薙很想這麼挖苦，但並沒有說出口。

4

隔天晚上，草薙和彌生再度把車子停在和昨天相同的位置，但今天換了一輛車，是草薙的愛車——那輛黑色的Skyline。

儀表板上的數位時鐘顯示目前是晚上七點五十分，草薙可以感受到坐在副駕駛座上的彌生屏息斂氣。

「準備好了嗎？」草薙問她。其實他原本想問她有沒有做好心理準備。

「沒問題。」她回答說，但聲音有點沙啞。

他們兩個人等一下要做的事完全超出了偵查的範圍，一旦被人發現，就根本無法辯解，對方搞不好會報警。

但是，他們除此以外沒有其他方法，在目前的階段，警方很難採取行動。而且草薙猜想，即使被他們發現，他們應該也不會報警。這是昨晚進入那棟房子後產生的確信，他們一定隱瞞了什麼。

「啊！他們出來了。」彌生小聲說道。

那四個人走了出來，穿著和昨天完全相同的衣服，然後走向和昨天完全相同的方向。草薙今天晚上不打算跟蹤他們，在看到他們四個人影遠離，然後在街角轉彎消失之前，都在座位上壓低身體，一動也不動。

在確認八點整之後，他打開了車門。

「我們走吧，動作快一點。」

彌生也很快下了車。

兩人跑向高野家，確認四下無人之後，走進了大門內。

草薙繞去院子。遮雨窗和昨天一樣關了起來。他從懷裡拿出一字螺絲起子。

「這個能打開嗎？」彌生不安地問。

「妳就看著吧。」

他蹲在遮雨窗旁，把螺絲起子的前端塞進遮雨窗下，然後利用槓桿原理抬了起來，順利把老舊的遮雨窗卸了下來。

他昨天就看到有一扇玻璃窗沒有鎖，所以輕而易舉地潛入了屋內。

「這棟房子真老舊。」跟著他進屋的彌生說道。

「是啊，呃，妳小心不要碰到屋內的東西。」

「好。」

草薙小心翼翼地打開了和室的紙拉門。昨天那兩個女人坐的房間還是一樣凌亂，開了封的洋芋片就直接丟在矮桌上。

「完全沒有人。」彌生向隔壁房間張望後說。

「是啊。」

「但是我昨天的確聽到了動靜，」她偏著頭說：「太奇怪了……」

草薙也打開壁櫥察看，但壁櫥內只有舊紙箱。

「到底是怎麼回事？」彌生摸著額頭，「難道是我聽錯了嗎？但我覺得絕對不可能有這種事。」

「總之，我們先離開這裡，妳先生並沒有被監禁在這裡。」

「是啊，對不起，還麻煩你做這種事……」

「妳不必放在心上。」草薙說完，輕輕推了推她的後背。

就在這時。

草薙聽到了隱約的動靜，好像是木板擠壓的聲音，他還來不及思考是什麼聲音，整棟房子激烈搖晃起來。

家具發出嘎答嘎答的聲音，放茶具的櫃子中傳來餐具相碰的聲音，隔壁房間的佛壇也搖晃著，門打開了，裡面的擺設都滾了出來。電燈用力搖晃，燈光下的影子也東搖西晃。

彌生尖叫著抓住了草薙，草薙抱住她，觀察自己的周圍。他沒有出聲，只是站在那裡。

放在榻榻米上的花瓶倒了下來，在地上滾動。洋芋片從矮桌上的袋子裡掉了出來，不知道哪裡有什麼東西掉了下來。

這是——

草薙發現自己在發抖。

5

湯川聽草薙說完後，抱著手臂，遲遲沒有開口，眼鏡後方的雙眼露出了不悅和疑惑的眼神。他抖著右腳，眉頭深鎖。

草薙預料到這番話會影響他的心情，因為湯川向來最討厭這種事，問題是事實就是如此，他也無可奈何。

「你這個傢伙，」湯川終於開了口，「竟然接連告訴我這種莫名其妙的事。上次是幽靈，再上次是靈魂出竅，然後是預知夢……」

「我也沒辦法啊，因為職業的關係，我比普通人更有機會接觸到一些稀奇古怪的事。」

「但並不是每個刑警都像你一樣經常遇到這種怪力亂神的事，然後這次又是騷靈現象？」

「我也不想遇到啊。」

湯川坐在椅子上，無奈地攤開雙手。

「騷靈現象是德文的Poltergeist，意思就是『吵鬧的鬼魂』，認為家具會自己動起來，或是房子會震動是鬼魂在吵鬧，但我覺得你比鬼魂更加吵鬧。」

草薙雙手放在桌上強調說：「我必須一再重申，那絕對是離奇現象。之後我調查了一下，那天在那裡並沒有發生地震的紀錄，既不是我誤會，也不是錯覺，而且神崎彌生可以證明。」

湯川緩緩站了起來，把手掌伸到草薙臉前。

「沒有人說是你誤會或是錯覺，不需要你說明，我也知道不是地震。」

「所以你也承認是騷靈現象嗎？」

「我認為是發生了很像是俗稱的騷靈現象。」

「對於騷靈現象的實情，你要怎麼推理？」

「問題就在這裡，我認為比起這個現象的玄機，還有更重要的事。」

「什麼事？」

「你認為之前就一直發生這種奇怪的現象嗎？那個老太太獨居的時候就有這種事嗎？」

「不，這就不清楚了。如果曾經發生這種事，她應該會和別人討論，但彌生說，她老公從來沒有向她提過這件事。」

「沒錯，也就是說，發生了之前不曾發生過的事。為什麼呢？這是第一個問題。第二個問題，為什麼那四個人沒有試圖解決問題？聽你剛才說的情況，那四個人明顯知道會發生奇怪現象，照理說應該會採取什麼措施，比方說，請專家來家裡調查。他們之所以沒有這麼做，是因為他們知道其中的原因，而且不希望別人知道這個原因。」

「他們知道原因？不，但是……」草薙抱著雙臂，抬頭看著半空，「其中一個女人手上繞著佛珠，我不認為他們可以用科學解釋這個現象。」

「我並沒有說他們能夠用科學解釋這個現象，既然手上繞著佛珠，就代表他們認為是鬼魂在作怪，這是他們得出的答案，只是我搞不懂，他們為什麼還住在那裡……」湯川抓著頭，走去窗戶前看著窗外。他的眼鏡在陽光的照射下閃著光。

「你到底想說什麼？」

草薙問，湯川回頭看著他問：

「你有沒有向上司報告這件事？」

「報告？不，我沒有。如果他知道我不好好辦案，跑去做這種事，又會把我罵一頓。」

「你就做好挨罵的心理準備，去向上司報告這件事吧，因為事態比你想像的更嚴重。」

6

望遠鏡的焦點對準了高野家門口，兩個男人剛好走出來。目前是下午兩點三十分，距離出現騷靈現象還早。

「他們好像上鉤了。」坐在駕駛座的牧田說。

「當然會上鉤啊，因為他們住在那棟鬼屋那麼久，就是為了等這一天。」草薙用望遠鏡看著兩個男人的身影回答說。

那兩個男人接到了本地信用金庫的電話出門了。信用金庫的人打電話說，希望高野秀的代理人可以去銀行一趟，討論高野秀存款的問題。雖然那的確是信用金庫打的電話，卻是警方要求他們打那通電話。如此一來，家裡就只剩下兩個女人。

在昨天之前進行調查後，發現了高野昌明的幾件事，昌明是高野秀唯一的親戚，但有好幾年都完全沒有聯絡。調查後發現，他在一年前離職，因為賭博，欠下了大筆債務。

昌明和妻子一起投靠高野秀似乎是為了她的存款，昌明向很多人提過，他的姑姑從老公手上繼承了不少財產。

草薙他們還不知道另一對男女是何方神聖，但一定也是貪圖高野秀財產的蒼蠅。

「好，那我們去看看。」草薙對身旁的湯川說。

湯川看著手錶，確認了時間。

「那件事已經談妥了吧？」

「你是說工廠那裡嗎？沒問題，他們會配合。」

「我想問一下，真的是那個原因嗎？」牧田轉過頭問，「萬一失敗的話，那就糗大了。」

「失敗的時候再來考慮這種問題。」湯川若無其事地說，「你們偶爾也該出一下糗。」

牧田苦笑著看著草薙，草薙點了點頭，再次對他們說：「走吧。」

高野家一如往常靜悄悄的，草薙和上次一樣按了門鈴。不一會兒，玄關的拉門打開了，也和上次一樣發出了嘎答嘎答的聲音。

年輕女人探出頭來。草薙已經知道，她是高野昌明的妻子，名叫理枝。

理枝似乎也記得他，露出害怕的表情，繃緊了全身問：「有什麼事嗎？」

「有一件事想重新確認一下，可以讓我們看一下家裡嗎？」草薙用最親切的態度說道。

「你們要調查什麼？這裡什麼也沒有。」

「我知道，」草薙嘴角露出笑容，「我們只想確認什麼都沒有，這樣的話，即使日後附近的鄰居針對你們報警，我們也可以向他們說明，完全沒有任何問題。」

「經常有人報警嗎？」

「也不至於經常，只是出現了各種臆測，說聽到了奇怪的聲音……」

他們正在說話，另外那個中年女人走了出來，看著草薙和湯川的臉，然後問：

「在幹嘛？」

「啊……他們說，要再進去家裡看一次。」

「是喔，還真是煩人啊。是誰報警？隔壁的大嬸嗎？」

「有幾位鄰居。」草薙含糊其辭。

「吃飽沒事做的人可真多啊，好啊，就讓你們進來看，但這是最後一次。」

「不好意思。」草薙打著招呼，開始脫鞋了。這時，他看了手錶。下午兩點四十五分。

和上次一樣，草薙經過走廊，走進後方的房間，房間內還是一樣髒亂，吃完的速食食品容器到處亂丟。

湯川好奇地打量著柱子和牆壁，草薙在他耳邊小聲地問：「你覺得怎麼樣？」

「很不錯。」這位物理學家回答，「和我想像的一樣，條件完全吻合，建材的損傷和房子的構造都很理想。」

明明發生的是離奇現象，你竟然說這種話。草薙終究沒有把這句話說出口。

草薙再度看了手錶，已經超過兩點五十分了。

「刑警先生，怎麼樣？是不是根本沒有任何可疑的地方？」年長的女人站在走廊上，抱著雙臂，她的手腕上繞著佛珠。

「好像是，但是為了謹慎起見，再讓我們仔細檢查一下。」

「這算不算侵犯隱私啊。」

草薙不理會女人說的話，假裝檢查壁櫥內。

「喂，你在幹什麼？」那個女人尖聲叫道。湯川拿著白色塑膠袋，站在走廊的角落。

「我看到冰箱旁有這個，」湯川慢條斯理地說，「應該是家庭用水泥。」

「水泥？」草薙看著女人問：「是派什麼用場的？」

「我怎麼知道？應該是我老公他們修理房子時用的吧。可以了嗎？現在滿意了吧？趕快走吧。」

草薙聽著女人咆哮的聲音，再次看著手錶。下午三點整。

這時，突然傳來木板擠壓的聲音。榻榻米也跟著搖晃起來，佛壇發出嘎答嘎答的聲音。

「來了。」草薙向牧田使了一個眼色。

牧田站在兩個女人面前。

「這裡很危險，請妳們先出去。」牧田說著，把兩個女人推向玄關的方向。

湯川站在佛壇前巡視四周。家具繼續搖晃，牆壁紛紛剝落。

「太猛了，這就是騷靈現象嗎？」湯川興奮地說道，「太驚訝了，即使想要製造這種狀況也沒辦法做到。」

「現在不是高興的時候。」草薙大聲叫道。

「也對。」

湯川從上衣口袋中拿出一個金屬鉤，把前端插進腳下的榻榻米，然後向上一拉，榻榻米的角落就被拉了起來。草薙急忙上前幫忙，把榻榻米掀了起來，露出了下方黑色的地板。

草薙移開地板，在地板下方看到了顯然是最近才凝固的水泥塊。

7

高野昌明在偵訊室內供稱：

「我原本只欠了三百多萬，沒想到利息越滾越大，最後變成將近兩千萬。真的是這樣，事到如今，我不會說謊。我根本還不出這筆錢，於是就想起了姑姑，我聽叔叔說，姑姑繼承了姑丈的遺產，手上有很多現金。我想請她資助我，所以就來找姑姑。姑姑說，如果我沒地方可住，她可以收留我一陣子，於是我就住了下來，沒想到不久之後，近藤也來了。近藤是討債的，他說在我把錢還清之前，他不會離開，於是就和那個女人一起住下來。我對姑姑說，他們夫妻是我的朋友。姑姑以前可能很寂寞，連眉頭都沒有皺一下，還說有困難的時候就要相互幫忙。姑姑人這麼好，欺騙她有點良心不安，但我無論如何都必須知道錢的下落，因為我知道姑姑不相信銀行，把現金都留在身邊。近藤得知這件事後，也趁姑姑不注意時，掀開地板找錢，還去看了閣樓，但完全沒看到錢，結果就到了那一天。」

那一天，近藤喝醉了，他對遲遲沒有找到錢感到心浮氣躁。之前在高野秀面前向來假裝老實的他終於露出了本性。

他一把抓住高野秀的胸口，逼問她把錢藏在哪裡。妳侄子還不出錢，當然應該由妳來還——他言語粗暴地問。

高野秀心臟不好，被侄子背叛的打擊，和近藤態度驟變引起的恐懼讓她心臟病發作，就這樣斷了氣，因為一下子就死了，昌明說：「我還以為姑姑在裝死。」近藤也不停地拍她的臉頰。

但是，下一剎那，他們才真正嚇到了，因為一個身穿灰色西裝的陌生男人突然出現在院子。

男人指著昌明和近藤說，自己從頭到尾都看得一清二楚，他們所做的一切就是殺人，他要去報警，讓他們得到應有的處罰——

那個穿西裝的男人當然就是神崎俊之。

近藤聽了神崎的嚴厲指責，惱羞成怒。當神崎想要報警時，他從後方撲了上去，掐住神崎的脖子，他是柔道二段。

「一下子就多了兩具屍體，不知道該怎麼辦才好。」高野昌明說，這應該是他的真實想法。

他們把高野秀送去了醫院，但神崎的屍體無法用這種方式處理，因為只要檢查一下，就知道是遭人殺害。

於是，他們決定把屍體藏在和室的地板下方。他們挖了洞，掩埋屍體後，把水泥灌了進去，把神崎的那輛廂型小貨車的車牌銷毀之後，也開去專門棄置車輛的地方丟棄。

接下來只要找到高野秀隱藏的財產。

然而，他們始終找不到財產。

8

「不管你說什麼，我都相信這次的事真的是靈異的力量發揮了作用。神崎俊之被埋進土裡，他的怨念引發了這些現象。」草薙把馬克杯送到嘴邊時說道。杯子裡裝的是第十三研究室的名產，淡而無味的即溶咖啡。

「你要怎麼想是你的自由，我無意強迫你，但我認為這只是共振現象的惡作劇。」湯川的聲音很冷靜。他從年輕時就這樣，對方的情緒越激動，他就越冷靜。

湯川聽草薙說了騷靈現象後，先去了市公所，調查了高野家周圍地下的環境，結果發現高野家的正下方剛好有一個老舊的人孔。於是湯川斷言，那就是造成騷靈現象的原因。

「物體都有各自特有的振動頻率，當加在某個物體上的外力振動頻率和物體原有的振動頻率一致時，物體就會產生激烈振動，這稱為共振現象。人孔周圍的環境因為某種原因發生了改變，於是就產生了共振現象。」

湯川推測是地面承受了某種外力，比方說，那裡挖了一個坑洞。

在地底下挖洞的目的有限，草薙不由得產生了不祥的預感，結果他的預感成真了。

調查之後發現，高野家附近的一家零件工廠使用了和這個老舊人孔相連的下水道，每天晚上八點，這家工廠就會排出經過處理的熱水。熱水在下水道中形成了氣流，導致高野家正下方的人孔蓋產生了振動。

發現屍體的當天，草薙請工廠在下午三點排水。

「好，我要走了。」草薙放下馬克杯站了起來。

「你要去和她見面嗎？」湯川問。

「對。」草薙回答，「『她』就是神崎彌生，「因為最近很忙，還沒有向她詳細說明。」

雖然是一件苦差事，但草薙覺得必須由自己向她說明。

同時，他打算等風波平息之後，再告訴她有關高野秀財產的事。

神崎俊之被埋在泥土中時穿著西裝，所以身上的物品都仍然留在那裡，只是現金和信用卡被拿走了。那幾個歹徒打算用他的信用卡大肆盜刷。

但是，他們沒有發現對他們來說最重要的東西。那就是和駕照放在一起的一張卡片。那是銀行保險箱的鑰匙卡，但並不是神崎自己的，而是高野秀租用的銀行保險箱，只是把神崎俊之的名字也登記為代理人。

警方在調查之後，發現銀行保險箱內除了存摺以外，還有債券、金子和土地、房屋的所有權狀，以及一封信。

信封裡面裝的是遺囑，上面明確寫著，要把自己的所有財產都留給神崎。

「你打算告訴她，騷靈現象真的是鬼魂的傑作嗎？」湯川問。

走向門口的草薙轉頭問：「當然，這樣不行嗎？」

「不會。」物理學家搖了搖頭。

「我走了。」草薙打開了門。

「草薙。」

「什麼事？」

湯川猶豫了一下說：「加油囉。」

草薙舉起一隻手，走出了研究室。

第四章

絞殺

1

貴子來到工廠內，聽到車床的聲音，看到坂井善之在車床前工作的背影，他穿的米色工作服的後背上印著藍色的「矢島」兩個字。貴子之前從丈夫忠昭口中得知，目前正在製作汽車廠商訂購的馬達傳動軸，但並不知道是什麼馬達。

丈夫正在工廠角落和兩名員工一起檢查交貨的零件，戴著手套的手動作有點不俐落，氣色也不太好，但貴子知道，這並不是因為零件的品質有問題。

「大家來喝茶吧。」貴子對丈夫和其他員工說。

忠昭輕輕舉起一隻手，看了一眼牆上的時鐘，時針顯示目前是下午兩點四十五分。

「善哥，休息一下吧。」他對正在操作車床的坂井說。

坂井點了點頭，關上了車床的電源，原本發出噪音的馬達速度頓時慢了下來。

「搞什麼啊，怎麼沒有像樣的茶點？」忠昭洗完手，坐在桌前休息時說道，桌上的托盤內放了五個最中餅，「而且這些最中餅不是昨天剩下的嗎？」

因為忠昭說對了，所以貴子默默笑了笑。

「很好啊，我喜歡吃最中餅。」鈴木和郎最先伸手拿起最中餅。

「聽說工作休息時吃甜食最理想。」田中次郎說，但他並沒有拿最中餅，坂井沒有說話，默默喝著貴子倒的茶。

「善哥，線圈不是要今天送到嗎？」忠昭問坂井。

「嗯，我等一下就會送過去。」

「拜託了。關於貨款的部分，可不可以請你跟對方說，最好能夠儘快付款？」

「好，我會跟他們說。」坂井看著茶杯回答。

忠昭輕輕點了點頭，自言自語地說：「我等一下要出門一趟。」

「你要去哪裡？」貴子問。

「去收錢。」

「收錢？有未收的貨款嗎？」

「不是貨款。」忠昭拿起最中餅，折了一半，把露出來的內餡送進嘴裡，「是很久之前借的錢，對方似乎打算還給我。」

「我從來沒聽說過這件事。」

「那是之前景氣比較好的時候，因為是恩人的兒子，所以我之前都沒有去催他還錢，他似乎生意做得不錯，所以說要還我。」他喝了一口茶，把最中餅吞了下去。

「老闆，那筆錢的金額有多少？」鈴木問，他的眼中露出嚴肅的眼神。

「嗯，明確的數字我不方便透露，」忠昭抓了抓花白的鬢角，「但是一筆不小的錢，所以該怎麼說……應該很有幫助。」

「是喔。」鈴木的嘴角露出了笑容。

在一旁聽他們對話的田中也露出柔和的眼神。「這年頭還有人借錢願意還。」

「那當然啊。」鈴木笑著說。

「但最近不是有很多人都借錢不還嗎？所以連銀行都很危險。」

「是啊。」

「雖然也有不守信用的人，但並不是每個人都這麼壞。」忠昭總結後看著貴子說，「事情就是這樣，妳去幫我把西裝拿出來。」

「好。」貴子點了點頭後再度開了口，「呃，我也要出門一下。」

「妳要去哪裡？」忠昭露出銳利的眼神。

「買東西……我要去買秋穗的衣服，她說去遠足時沒衣服穿。」

「不一定要今天去吧？」

「但明、後天有很多事要忙。」

「今天別出門了。」忠昭說完，喝了茶，站了起來。

丈夫用這種態度說話時，無論說什麼都是白費口舌。貴子沒有吭氣，三名員工似乎感到很尷尬，急忙把嘴裡的食物吞了下去，匆匆起身離開了。

忠昭在將近三點半時開車出了門。他穿上灰色西裝，難得繫了領帶，還帶了一個運動袋。

貴子也立刻換好衣服出了門，她搭地鐵來到月島車站時剛好四點。

只要七點半之前回家就好——她這麼想。

但是，貴子這天晚上回到家時已經快八點了，五年級的秋穗和三年級的光太正在一起看電視。忠昭還沒有回家，她拿出在百貨公司買回來的熟菜準備晚餐。

「爸爸這麼晚還沒回來。」秋穗在吃炸豬排時說。

「是啊。」貴子附和著，看了一眼電視旁的座鐘，已經八點半了。

當座鐘指向十一點時，忠昭仍然沒有回來。貴子打了好幾次手機，忠昭都沒有接電話。貴子讓兩個孩子上床睡覺後，獨自在客廳等待。新聞主播出現在電視上，一臉嚴肅地談論北韓的核武問題，但貴子幾乎沒有聽到談話的內容。

她聽到身後傳來「咔噠」的動靜，驚訝地轉過頭，看到秋穗穿著睡衣站在那裡。

「怎麼了？不趕快睡覺，明天早上又起不來了。」她用母親的口吻說。
「爸爸還沒回來嗎？」
「他因為工作耽誤了，妳不必擔心，趕快去睡吧。」
但是，女兒並沒有順從地離開，她低著頭，似乎在猶豫什麼。
貴子忍不住在意，語氣溫柔地問：「怎麼了？」
「爸爸應該沒事吧……？」秋穗小聲地問。
「呃，應該……什麼意思？」
「昨天晚上，我看到奇怪的東西。」
「奇怪的東西？」貴子察覺到自己的眉頭皺了起來，「什麼奇怪的東西。」
女兒小聲回答說：「鬼火……」
「啊？」貴子忍不住叫了一聲，「妳剛才說什麼？」
「鬼火。」秋穗比剛才更明確地回答。
「鬼火？在哪裡？」
「在工廠那裡。」秋穗說：「我半夜起來上廁所，看到爸爸好像還在工廠，所以我就探頭看了一下，看到爸爸坐在黑暗中。我正想問爸爸在幹什麼，看到鬼火飛了起來……」

「怎麼可能？一定是爸爸在燒什麼東西。」

但是，秋穗搖著頭。

「我也馬上問爸爸，剛才是不是在燒東西，但爸爸說，他沒有燒東西，只是在看圖紙……」

貴子感到不寒而慄，但她努力不表現在臉上。

「妳可能看錯了，經常會有這種事。」

「雖然我也這麼想，但還是很在意，總覺得爸爸會不會發生什麼不好的事，希望爸爸趕快回來。」秋穗一臉不安的表情看著電視旁的座鐘。

「妳在亂說什麼啊，真是烏鴉嘴。」貴子尖聲說道，「趕快去睡覺，不然明天早上起不來了。明天還要上課呢！」

「媽媽，爸爸回來的時候，妳可不可以來告訴我？」

「好，好，我會告訴妳。」

秋穗聽貴子這麼說，才終於準備回二樓，但在上樓之前，看著通往工廠的那道門，小聲嘀咕說：「好討厭喔。」

只剩下一個人後，貴子拿起遙控器，接連轉台，但沒有看到任何可以消除她心煩的節目。

最後，她在客廳等到天亮。從窗戶照進來的陽光很刺眼，她醒了過來，發現自己趴在矮桌上睡著了。因為睡覺的姿勢很彆扭，所以全身疼痛，腦袋也昏昏沉沉。

早上六點多了，她又打了忠昭的手機，電話還是沒有接通。

她立刻打開電視。電視上已經在播報晨間新聞，她擔心會不會看到和忠昭相關的新聞，但並沒有看到類似的事件。而且如果發生這種事，一定會先接到警方的通知。

她心情沉重地開始準備早餐，腦袋裡仍然想著秋穗昨晚說的事。鬼火？怎麼可能？

七點時，秋穗起床了，眼睛有點充血。平時這個時間，她還在睡覺。

「爸爸還沒回來嗎？」她站在正在煎蛋的母親身後問。

「應該是在哪裡喝了酒，所以沒辦法回家吧。」貴子努力用開朗的聲音回答，「等一下就會回來了。」

「不用報警嗎？」

「沒事，沒事的。」

但是，貴子也開始考慮這個問題。是不是該報警了？不，還是再等等看。

不一會兒，光太也起床了。兒子似乎並沒有對父親還沒回家這件事感到太大的不安，秋穗並沒有告訴弟弟「鬼火」的事。

兩個孩子出門上學後，員工紛紛來上班，他們得知老闆昨晚沒回家，都忍不住有點驚訝。

「那還真讓人擔心啊，是不是該報警？」鈴木說。

「我猜想他可能只是在哪裡醉得不省人事。」

「老闆不會喝成這樣。」田中當場否定。

該怎麼辦呢？貴子找坂井商量，他是工廠內最資深的員工。

「如果下午還沒有回來，最好還是報警。」坂井想了一下之後回答。

貴子決定聽從他的建議，再繼續等看看。幾名員工都一臉難以釋懷的表情分頭做自己的工作。

九點、十點、十一點。時針不停地移動，到了午休時間，忠昭仍然沒有回來，貴子送茶給大家喝時也心不在焉，不時看向時鐘，然後決定等到下午一點時打電話。

但是，她不需要打電話。因為當午休結束，即將一點的時候，電話響了。

那是警察打來的電話。

2

大橋飯店位在日本橋濱町，首都高速公路就在飯店的上方，箱崎交流道就在眼前。飯店的大門面向清洲橋大道，走出飯店往右看，前方就是清洲橋，這家飯店的名字應該也是因此而來。

這是一家老舊的小型商務飯店，飯店內只有一部電梯證明了這件事。

草薙俊平坐在一樓狹小的咖啡廳內，喝著一點都不好喝的咖啡。除了他以外，沒有其他客人。

「草薙先生。」有一個人叫著他的名字走了過來。那個人是這家飯店的代理經理蒲田，雖然天氣並不熱，但他太陽穴周圍冒著汗。

「你好。」草薙向他欠身打招呼。

「可以打擾一下嗎？」蒲田小聲問。「可以啊。」草薙回答。代理經理有點在意無所事事的櫃檯服務人員，在他對面坐了下來。「請問目前的情況如何？」

「什麼情況？」

「就是偵查的情況，有沒有發現什麼？」

「目前還不清楚。」

「是嗎？但聽說他太太沒有不在場證明？」

草薙聽了中年飯店人員的這句話，在合成皮革沙發上調整了姿勢。

「我們目前的確不排除所有的可能性，其中當然也包括電視和媒體會很感興趣的可能性，他們會添油加醋地報導這些消息，所以不要受這種無聊消息的影響。」

「我們也不希望受到影響，只是因為從事這個行業，遇到這種事會受到很大的影響，所以很希望能夠趕快破案。」

「我非常能夠理解你的心情，我們也正在傾全力偵辦這起案子。」

「拜託了，還有一件事，」蒲田把臉湊向草薙，「請問那個房間要保留到什麼時候？」

「這要問我的上司才知道，因為我們還需要再調查，請問有什麼問題嗎？」

「也不能說是問題，只是保留曾經發生那種事的房間，就會出現各種奇妙的傳聞，你們刑警應該也經常聽到哪家飯店鬧鬼之類的事吧？」

「喔。」草薙恍然大悟地點了點頭，「的確經常聽到。」

「所以我們很希望可以趕快採取某些措施。」

「我瞭解了，我會馬上向上司確認。」

「拜託了。」代理經理鞠了一躬後離去，雖然他身材渾圓，但背影顯得有點滄桑。

草薙拿出菸盒時，身穿黑色夾克的湯川學從大門走了進來。草薙悄悄皺了皺眉頭，把菸盒放了回去，因為在湯川面前不能抽菸。

「怎麼這麼晚才來？」

「不好意思，學生因為一些問題徵求我的意見。」

「徵求意見？該不會是戀愛問題吧？」

草薙當然是開玩笑，沒想到湯川完全沒笑。

「是比戀愛更高階的問題。他想和喜歡的女生結婚，但雙方家長反對，所以問我該怎麼辦。」

「還沒畢業就結婚嗎？為什麼徵求你的意見？」

「我怎麼知道？」

「你提供了什麼建議？」草薙嘻皮笑臉地問。

「我對他說，如果我是他的家長也會反對。」

「真讓人失望，沒想到你的想法也很老派嘛，如果是我，就會告訴學生，要拿出魄力，即使雙方父母反對也要堅持到底。」

「這不是老派或是新潮的問題，我只是從統計的角度提供意見。」

「統計的角度？」

「這是為自己早結婚感到後悔的人，和為自己晚結婚感到後悔的人，哪一種人更多的問題。」

草薙打量著這位年輕物理學家的臉，很想問他，整天用這種想法過日子，人生會快樂嗎？但最後還是沒有說。

「那就帶我去看一下現場吧。」湯川說。

「你不先喝杯咖啡嗎？」

「不必了，我聞味道就知道，這裡用的咖啡豆品質不怎麼樣。」湯川用鼻子用力嗅了幾下，轉身走出咖啡廳。

你平時還不都是喝即溶咖啡？草薙這麼想著，跟了上去。

現場在八〇七室，是有兩張中型床的雙人房。

「被害人矢島忠昭在十三日下午三點五十分左右入住，不是門僮帶他進來，而是他自己走進房間，之後也沒有任何人看到他。我是說，沒有人看到他活著的身影。」

草薙站在房間門口，看著記事本向湯川說明，「這家飯店的退房時間是上午十一點，但到了隔天的這個時間，仍然沒有看到這個房間的客人退房，即使打電話也沒有人接，於是飯店的人在將近十二點時前來察看，在確認敲門也沒有反應之後，用通用鑰匙開了門。」

飯店人員打開門後，看到一名男性客人在裡面那張床上躺成大字型，一眼就可以發現並不是在睡覺。因為他的脖子上留下了異常的痕跡，皮膚的顏色也不正常。

「是死於絞殺，應該是被細繩子一口氣勒死的。」

「有沒有打鬥的痕跡？」

「沒有，但被害人似乎被下了安眠藥睡著了。」

「安眠藥？」

「似乎加在罐裝咖啡中。」

房間的窗邊有一張桌子和兩張椅子，兩個人可以面對面坐在那裡，發現屍體時，桌上放了兩罐咖啡和菸灰缸。根據矢島忠昭的解剖結果重新調查了那兩罐咖啡後，發現其中一罐中加了安眠藥，罐裝咖啡似乎是在走廊上的自動販賣機買的。

「目前推測的死亡時間是十三日下午五點到七點，死亡時間的可信度很高，因為被害人在下午三點左右吃了最中餅，內餡的消化狀態也一致。」

草薙又向湯川說明了矢島忠昭出門前說，有人要歸還多年前借的錢，以及用山本浩一的名字預約飯店這兩件事。他知道湯川學這個人的口風很緊，而且在向他請教時，最好說出目前掌握的所有情況。

「你剛才的說明，聽不出有什麼問題。」湯川巡視著毫無趣味的室內說，「那個說要還錢的人應該就是凶手吧？可能還不出錢，就把他找來飯店殺了。」

「我們當然也最先想到這個可能性，但無論怎麼調查，目前都沒有找到這個人物。」

「那是因為你們調查不夠徹底吧？總之，我搞不懂你為什麼打電話給我，單純的絞殺命案根本不需要物理學家。」

「問題就在這裡。如果是單純的絞殺，有兩個疑問。」草薙豎起兩根手指，然後直接指著地面，「首先是這張床的旁邊，你仔細看一下地毯。」

湯川走過去彎下了腰，「這裡燒焦了。」

「是不是？」

地上鋪著米色地毯，但上面有長五公分，寬一公分左右的焦痕。

「向飯店人員瞭解情況後，他們說之前並沒有這個痕跡。」

「會不會說謊？這家飯店已經很老舊了吧。」

「他們不可能為了面子問題向警察說謊。」

「好吧，那另一個疑點是什麼？」

「就是這個。」草薙把手伸進了上衣口袋，拿出一張照片，「其實這種東西不可以給普通民眾看。」

湯川看了照片後，微微皺起眉頭，「我也不想看這種照片。」

「忍耐一下，我們都看的是實物。」

照片上是屍體上的勒痕，但和普通的勒痕不同的是，勒痕周圍的皮膚都破了，傷口當然也流了血。

「是勒得太用力，所以皮膚也都破了嗎？」湯川嘀咕道。

「不，根據報告顯示，那只是接近擦傷而已。當細繩勒緊皮膚，向旁邊拉的時候，應該會留下這種痕跡。」

「普通的絞殺不會這樣吧？」

「絕對不會。」草薙斷言道。

湯川低吟了一聲，拿著照片躺在旁邊的床上。那就是屍體躺的那張床。雖然鑑識作業已經完成，不會影響偵查工作，但草薙不由得佩服這位學者的神經大條，竟然會滿不在乎地躺了下去。

「目前沒有嫌疑重大的嫌犯浮上檯面嗎？」湯川問。

「嗯，也不是完全沒有。」草薙撥了撥劉海，「我們目前鎖定了他老婆。」

「他太太？動機是什麼？」

「保險金。」

「是喔，被害人加入了高額壽險嗎？」

「有五家保險公司的保險，而且總額超過一億圓。」

「原來是這樣，這的確很可疑。」湯川用手肘枕著腦袋，轉頭看向草薙的方向，「你們當然也已經嚴厲偵訊過她了吧？」

「嚴不嚴厲就不得而知，但請她到案說明了幾次。」

「感覺如何？」

「很可疑。」草薙坦率地說出了感想，「她當天下午四點出門，八點左右才回到家。雖然她說去買東西，但沒有明確的不在場證明。五點左右曾經在銀座的百貨公司看兒童服裝，這一點當時接待她的店員已經證實了，七點多在另一家百貨公司的地下樓層食品店買炸豬排和可樂餅，店員也記得她，但這段期間沒有不在場證明。搭計程車從銀座到這家飯店只要十分鐘到十五分鐘就足夠了，完全有時間可以犯罪。」

「當事人怎麼說？」

「她說在咖啡店喝茶，但不記得是哪一家店，既沒有收據，對那家咖啡店的記憶也很模糊。」

「原來是這樣。」湯川再度仰躺在床上，注視著天花板說：「即使是非假日，銀座的百貨公司不是也有很多人嗎？沒想到兒童服裝專櫃的店員和食品店的店員竟然記得她。」

「因為她在兒童服裝專櫃為要不要買一件兒童襯衫猶豫了將近一個小時，最後還是沒有買，接待她的店員感到很不耐煩，所以留下了印象。至於炸豬排店，是因為她一直站在那裡，等到打烊之前的折扣時間，所以店員也記住了她。只不過這種不在場證明再多也沒用，關鍵在於這兩個時間點之間的那段時間。」

湯川聽了草薙的話沒有吭氣，似乎一直在思考什麼。這種時候，即使對他說話也沒用，於是草薙坐在椅子上等待。

隔了一會兒，湯川說：「可以帶我去被害人家裡看一下嗎？」

「好啊。」草薙站了起來，「你有興趣了嗎？」

「我有興趣的是那位太太沒有不在場證明這件事，」湯川也坐了起來，「她為什麼沒有不在場證明？」

3

三名男員工在矢島工業的工廠內各自作業，兩個三十多歲的人分別是鈴木和田中，最年長的是坂井。

正在用鑽孔機在金屬板上鑽孔的鈴木一看到草薙，立刻撇著嘴角說：

「怎麼又是你？又有什麼事嗎？」

「不，今天沒有特別的事，只是想來參觀一下工廠。」

「那沒問題，但不要影響我們工作。雖然現在不景氣，但我們有工作要做。」

「嗯，我知道。」草薙賠著笑臉說。

鈴木瞥了湯川一眼，咂了一下嘴。

「老闆娘今天也被警察找去了，到底是怎麼回事？」

「因為有很多事必須確認。」

「確認、確認，這不是很奇怪嗎？你們該不會真的懷疑老闆娘吧？如果是這樣，就未免太愚蠢了，老闆娘不可能做那種事——」

「阿和！」後方傳來一個聲音，原來是坂井，「別說這種無聊的話，趕快做事。」

「喔，好。」鈴木輕輕舉起手，再度面對鑽孔機，然後瞥了草薙和湯川一眼，更加用力咂了一聲，好像在說「都是你們害我挨罵」。

草薙和湯川一起在工廠內四處察看，他完全搞不清楚參觀工廠到底有什麼目的，只是因為湯川這麼要求。

工廠內放著工作機器和大型電源，以前應該有更多工人，但目前只剩下三個人。

「這幾個人的不在場證明呢？」湯川邊走邊小聲問。

「已經確認過了，三個人都有不在場證明，兩個年輕人一直在工廠做事，也有附近的鄰居作證，最年長的那個男人姓坂井，那天去送貨給客戶；那家公司在埼玉縣，無論再怎麼趕，單程都要一個半小時，已經確認他當天五點半離開那家公司，七點多回來這裡，來不及去大橋飯店。」

湯川默默點了點頭。

其中一名員工田中正在製作像是白色塑膠盒的東西，他要把兩個形狀複雜的容器黏成一個，但並不是用黏膠，而是將容器邊緣加熱熔化後黏在一起，也就是所謂的熔接，加熱邊緣時使用的是像寬扁面形狀的加熱器，加熱器的邊緣彎成和塑膠盒邊緣相同的形狀。

「喔，設計得真巧妙啊。」站在田中身後的湯川語帶佩服地說，「只要使用和邊緣形狀相同的加熱器，所有部分都可以同時加熱，而且熔化的程度也相同。」

「這是我們工廠的拿手絕活。」雖然田中的態度很冷淡，但語氣中透露出幾分自豪。

「這是在做什麼？」湯川問。

「這是裝雨刷水的噴水槽，這只是試製品。」

「是喔。」湯川點了點頭，這位物理學家露出了對工廠的技術產生興趣的眼神，草薙以為他忘了命案的事。

湯川的眼神看向前方的牆壁問：「那是什麼？」

草薙也看向那個方向，發現牆上貼著用毛筆寫的「一射入魂」的紙。

「那是老闆寫的。」身後傳來說話聲，回頭一看，坂井站在那裡。

「喔，是這樣啊。」草薙說，「一射入魂是什麼意思？」

「是射擊。」坂井用手指比著手槍，做出射擊的姿勢，「就是要用這種專注力投入工作的意思。」

「喔……矢島先生平時射擊嗎？」

「不知道，沒聽說過，可能只是比喻吧。」

草薙點了點頭，但似乎不太能夠理解，為什麼要用射擊來比喻？

「對了，」坂井脫下棉紗手套，輪流看著草薙和湯川，「剛才阿和也說了，你們可不可以別再懷疑老闆娘了？」

「我們並沒有懷疑她。」

草薙回答說，坂井搖了搖頭。

「我們就打開天窗說亮話，你們聽好了，那天老闆出門前說，有人要還錢給他，既然這樣，老闆娘怎麼可能是凶手呢？」

「也許是別人約了矢島老闆，」湯川在一旁說：「但那個人可能是受老闆娘之託。」

坂井瞪著湯川片刻，然後嘆了一口氣。

「因為你們完全不瞭解那對夫妻，才會有這種想法。想當初他們是從家庭代工做起，漸漸讓公司有了目前的規模，我很瞭解他們一路走來怎麼相互扶持，絕對不可能發生背叛對方的事。」

草薙無言以對，只好默然不語。湯川也沒有說話。

「不好意思，今天可不可以請你們離開？因為老闆娘快回來了，我想她應該不想回到家也看到刑警。」坂井的語氣中帶著敵意。

「這些手藝人真猛啊。」湯川走出矢島工業說的第一句話，「那種技術，或者說手藝，才是電腦需要面對的課題。」

「這種事不重要，你沒有發現什麼線索？」

「什麼線索？」

「你別裝糊塗，你以為我為什麼要帶你來這種地方？」

草薙有點不耐煩地說，湯川意味深長地笑了笑，不知道從長褲口袋裡拿出了什麼。那是兩、三毫米粗，長十幾公分的白色繩子，前端成環狀。

「我在工廠角落撿到的。」

「啊！你什麼時候撿的？」草薙接了過來，仔細一看，發現那不是普通的繩子，而是好幾根線擰成的繩子。「這是什麼？」

「現在還不知道，我倒是想問你，屍體脖子上的勒痕和這根繩子一致嗎？」

草薙聽了湯川的問題，在回想屍體狀況的同時，注視著手上的繩子。

「可能……一致。」

「如果是這樣，那就有趣了，非常有趣。」這位物理學家雖然這麼說，但他的眼神完全沒有笑。

4

在命案發生剛好滿一個星期時，矢島貴子突然聲稱自己有不在場證明。

她主動前往搜查總部所在的久松警察分局，向一名偵查員出示了一張收據，說是案發當天去的那家咖啡店的收據。原本以為丟掉了，但後來在皮包底部找到了，收據上印的數字顯示日期的確是十三日，在下午六點四十五分結帳。

那家咖啡店名叫「露福蘭」。草薙剛好有空，於是就帶著後輩刑警牧田一同前往核實。

「露福蘭」位在銀座三丁目，在一棟大樓的二樓，隔著玻璃，可以看到下方的大央大道。無論店內的裝潢還是擺設都很講究，店家刻意打造出高級的感覺。矢島貴子之前說，她只是在逛街時，心血來潮走進去坐一下，草薙原本以為是一家大眾化的咖啡店，所以忍不住有點意外，而且這麼令人印象深刻的地方，她之前竟然說忘記了，也讓人感到匪夷所思。

「喔，你是說那位客人，她的確來過這裡。」年輕店長看了草薙出示的矢島貴子的照片後說道，他黝黑的皮膚穿白襯衫很好看。

「沒有記錯嗎？」

「沒錯，呃，我記得是上個星期四。」

上星期四就是十三日。

「這裡每天有很多客人，你記得真清楚。」

「因為我們也在找這位客人。」店長說，「她有東西忘在我們這裡了。」

「忘了東西？」

「請等一下。」

他走去收銀台，拿了一個小紙袋回來，然後在草薙和牧田面前把袋子裡的東西拿了出來。裡面是一個舊粉餅。

「她把這個忘在座位上，我們猜想她可能會回來拿，所以就先為她保管。」

「我們可以轉交給她。」

「那就太好了。」

「對了，」草薙問：「真的是照片上的這個女人嗎？可以請你再仔細看一下嗎？」

年輕店長露出有點意外的表情，又看了一次剛才那張照片。

「的確是她，」說完，他把照片交還給草薙，「因為那天還發生了另一件麻煩事，說麻煩事可能有點太誇張了。」

「是什麼事？」

草薙問。店長巡視周圍後，把臉湊過來說：

「那位客人的飲料裡有一隻蟲子。」

「蟲子？」

「是一隻小飛蛾，差不多一、兩公分大，在她的冰紅茶裡。」

「結果她就大聲嚷嚷嗎？」

「不是，」店長搖了搖頭，「那時候我剛好在她旁邊，她叫住了我，小聲告訴我，所以其他客人沒有發現，我們當然馬上為她換了新的飲料。」

「原來發生過這種事。」

草薙很納悶，矢島貴子為什麼沒有向警方提起這件事？即使她想不起店名和地點，如果想提出自己的不在場證明，照理說應該會提這件事。

「請問，」這時，牧田問店長：「遇到這種情況時，通常不是不會收飲料的錢嗎？」

「當然是這樣，但那位客人堅持要付錢，所以我們就收下了。」

「堅持要付錢……嗎？」草薙注視著正在收銀台前結帳的客人，客人正接過收據。

她是不是想要收據——草薙忍不住有這種感覺。

走出咖啡店，草薙和牧田前往矢島家，貴子已經回到家了。

當草薙拿出粉餅，她露出一絲高興的表情。

「原來是在那家店掉了，我一直不知道到底掉在哪裡了。」

草薙也向她確認了飛蛾掉進冰紅茶裡的事，她露出這才想起的表情說：

「經你這麼一提醒，我想起的確有這件事，為什麼之前都沒有想起來呢？對，沒錯，有一隻小飛蛾飛進去了，因為我還沒有喝，所以完全沒有問題。」

「如果妳早一點想起這些事，就不需要妳跑那麼多趟了。」草薙對她說。

「是啊，但我六神無主，沒辦法正常思考，真的很對不起。」她鞠躬說道。

當草薙離開矢島家時，看到秋穗迎面走來。她的腳步看起來很沉重，草薙這才想起還沒有向她瞭解情況。

「嗨！」草薙主動向秋穗打了招呼，秋穗露出警戒的表情停下了腳步。

「放學了嗎？」草薙面帶笑容問道。

「你們找到凶手了嗎？」秋穗表情嚴肅地問，說話的語氣也像大人。

「目前正在積極調查，如果妳有什麼在意的事，希望可以告訴我。」

秋穗聽了草薙的話，露出了有點耍脾氣的表情。

「反正大人都不相信我說的話。」

「不，沒這回事，妳有什麼想說的話嗎？」

秋穗看著草薙的臉說：「我覺得你絕對不會相信。」

「沒這回事，我向妳保證。」

她聽了草薙的話，似乎有點猶豫，但最後還是開了口。

大人的確很難相信她說的話，草薙從中途開始，也只是附和而已。

她說看到了鬼火，應該只是看走眼了，和命案沒有關係——草薙在心裡這麼想。

上司間宮警部聽了草薙和牧田的報告，皺起了眉頭。因為矢島貴子的不在場證明無懈可擊，從她外出到回家這段時間的行動幾乎都有人證明，雖然會有幾次二、三十分鐘的空檔，但根本不可能犯案。

「這下子又回到原點了嗎？我覺得他老婆絕對很可疑。」間宮仍然不願放棄。

警部之所以懷疑她，並不是因為她之前沒有不在場證明，而是經過調查後發現，矢島忠昭的保險都是在這幾個月內才投保。

「有一件事讓人難以理解，她沒有察覺自己把粉餅留在店裡這件事並沒有問題，但蟲子飛進飲料這件事應該印象很深刻。當我們問她不在場證明時，她不是應該主動提這件事嗎？」

「話雖這麼說，但當事人說她不小心忘了，我們也只能相信。」間宮板著臉說，「還是果然有一個男人是共犯？」

這是搜查總部內很有力的說法，但貴子周圍並沒有發現可能成為共犯的男人。

「矢島工業員工的血型，有兩個人是A型，一個人是O型，完全沒有B型的人。」牧田說。根據留在現場菸灰缸內的菸蒂，認為凶手的血型是B型。被害人矢島忠昭的血型是O型，而且並不抽菸。

這個菸蒂是凶手唯一留下的東西。雖然現場還有兩罐咖啡，但其中一罐的指紋被擦掉了，門把上的指紋也都被擦掉了。

矢島忠昭的運動包也留在現場，但裡面只有公司的資料。

這天晚上，草薙很晚才走進分局旁的拉麵店吃晚餐時，手機響了。是湯川打來的。

「之後的情況怎麼樣？」湯川用悠然的語氣問。

「陷入了瓶頸，矢島貴子給了我們意想不到的有效反擊。」草薙簡單扼要地說明了她的不在場證明。

「真是太有趣了。」湯川似乎產生了興趣，「機關漸漸明朗了。」

「機關？」草薙握緊了電話。

「我想讓你看一樣東西，你明天晚上來我的研究室。」

「你別故弄玄虛了，現在就告訴我。」

「百聞不如一見，那就這樣了——」

「啊，等一下，」草薙急忙說：「還有一件你應該很感興趣的事，你不想聽聽看嗎？」

「那得看是什麼內容。」

「你一定想聽，因為是關於鬼火。」

「喔……」

「是不是想聽了？」

草薙向湯川說明了秋穗告訴他的事。

「太棒了，」湯川聽完之後，在電話的另一頭說：「很期待明天的見面。」

「啊，喂！」草薙對著電話這麼叫時，電話已經掛斷了。

5

草薙走在帝都大學理工學院的校園內，覺得夜晚的校園有點可怕。他忍不住回想，以前當學生時，是否曾經在學校留到這麼晚，雖然羽球社都會練習到很晚，但都一直在體育館內。

他敲響物理系第十三研究室的門時已經晚上八點多了，但走廊上遇到好幾個學生，他這才發現原來理科系的學生這麼辛苦。

湯川拿著一看就是便宜貨的馬克杯坐在椅子上，杯子裡應該是他常喝的即溶咖啡。

「我剛做完準備工作，正在喘口氣，你要不要也來杯咖啡？」

「不，不用了。」草薙輕輕搖了搖手，看著旁邊的工作桌，假人模特兒的上半身躺在桌子上，「這是什麼？」

「這不需要我說明了吧？這代表被害人矢島忠昭，我從研究照明效果的研究室借來的。」

「你發現了什麼嗎？」

「也不能說是發現了什麼，而是用自己的方式得出了結論。」

「什麼結論？趕快告訴我。」

湯川放下馬克杯後站了起來，走向工作台。

「這個假人模特兒很重，光是上半身就這麼重了，如果借全身的話，搬過來就很吃力。」湯川轉頭看著草薙，「假人模特兒都這麼吃力，真人的話就更不用說了。被害人的體格很壯，而且也不像假人模特兒這麼硬，需要很大的力氣才能把他搬到床上。」

「啊！」草薙叫了一聲。

「單純從現場的狀況推理，矢島和兇手在桌子前面對面，當然坐在椅子上，但因為喝了加有安眠藥的咖啡，所以中途睡著了，結果就被兇手勒死了。但是——」湯川豎起了食指，「兇手為什麼要把矢島搬去床上？如果目的只是要殺人，可以讓矢島坐在椅子上，當場把他勒死就好。」

草薙捂著嘴。湯川說得有道理，之前完全沒有人想到這個問題，反而令人感到不可思議。

「並非只有這件事讓人匪夷所思，凶手為什麼沒有收走桌上的罐裝咖啡？聽說凶手擦拭了上面指紋，既然會這麼做，照理說把咖啡帶走不是就徹底解決問題了嗎？菸灰缸裡的菸蒂也一樣，認為凶手不小心遺留在現場的看法有點牽強。」

「那到底是怎麼回事？」草薙心浮氣躁地問。

湯川拿下眼鏡，用白袍的衣襬擦拭鏡片後重新戴了起來。

「以下是我的推理。矢島是基於自己的意志躺在床上，罐裝咖啡和菸蒂的主人並不存在，全都是他自己準備的。也就是說，矢島忠昭並不是遭到殺害，那是偽裝成他殺的自殺。」

「自殺？」草薙忍不住提高了音量，「你在開玩笑吧？那種狀況要怎麼解釋成自殺？」

「按照正確的方式解釋，結果就得出了這樣的結論。他為了拯救家人和員工，選擇了死亡。因為在加入壽險後未滿一年自殺的話，保險不理賠。」

「太離譜了，我至今看過多少屍體，從來沒有見過自己勒死自己的屍體。我當然不會說完全不可能，比方說，我曾經聽說如果用濕手巾勒住脖子，即使失去意識之後，濕毛巾勒脖子的力道也不會減少，但這是例外。只要看這次的勒痕，就知道絕對不可能是自己勒死自己。」

「這次的事件是例外中的例外，矢島忠昭研擬了綿密的計畫勒死了自己。」

草薙搖了搖頭，仍然堅稱不可能。

湯川從白袍口袋裡拿出一樣東西。就是之前在矢島工業撿到的繩子。

「我知道這是什麼繩子了，你猜是什麼？」

「不知道。」

湯川走去書架後方，當他再次出現時，手上拿了意外的東西。是射箭用的弓。

「這是……」

「這根繩子是弓上的弦，你看看，是不是一樣？」

弓上細細的弓弦繃得很緊，草薙和之前在矢島工業的工廠撿到的繩子比較之後，發現的確是同樣的東西，繩子前端的圓環狀是為了勾在弓上。

「工廠的牆壁上不是貼了寫著『一射入魂』的紙嗎？那是射箭的人常說的話。以前有一個同學參加了射箭社，我曾經聽他提過。你可以去詳細調查一下矢島忠昭的經歷，他有射箭經驗的機率超過百分之八十。」

「……我來調查一下，但這件事有什麼關係？」

「我接下來會說明，你看了就知道，弓上的弓弦被很強的力道拉緊，我猜想矢島忠昭利用了這個力道勒住自己的脖子，問題在於要用什麼方法。」

湯川回到工作桌前，把弓放在假人模特兒頭頂數公分的地方，然後調整了位置，讓弓弦可以碰到假人模特兒的脖子，腦袋剛好在弓和弓弦之間。

「光是這樣，當然不會發生任何事，所以就需要另一根弓弦。」湯川打開工作桌的抽屜，拿出一根新的弦，「但這根弦比目前弓上的弦長三十公分左右。我去了射箭社，請他們特別幫我做的。聽說資深的射箭選手都會自己買細線回家，擰成適合自己的弦，為我做這根弦的射箭社成員還嘀咕，他從來沒有做過這麼長的弦。」

湯川把長弦的一端掛在弓的一端，在假人模特兒的脖子上繞了一圈，再把弦的另一端掛在弓的另一端，弓弦的長度所剩不多。

「像這樣，有兩根弓弦掛在弓上，但現在是比較短的那根弦讓弓彎曲，在這種狀態下，如果剪斷這根比較短的弓弦，會發生什麼狀況？」湯川問草薙。

「什麼狀況？弓當然就變直了啊，但是還有另一根弦……」

「另一根弦就會承受弓的力道，弦被拉緊，就等於勒住了假人模特兒的脖子。」

湯川嘴角露出笑容，意思是說，你應該瞭解了吧？

「矢島在完成這個機關之後，自己剪斷了較短的那根弦。」

「雖然用這種方式也可以死，但他並沒有這麼做，而是服用了安眠藥，讓自己在睡夢中死去。」

「想來是使用了定時器之類的東西，讓比較短的那根弓弦自動斷掉。」

「他應該使用了定時器，問題在於弄斷弓弦的方法。這個問題也讓我傷透了腦筋。因為畢竟是用在弓箭上，所以弦的材質很牢固。雖然可以用美工刀或是剪刀割斷，但如果要讓弓弦自動斷掉，就需要相當複雜的構造，所以我一直在思考，是否有什麼更簡單方便的方法。」

「你這麼厲害，一定想到了好方法。」

「正確地說，並不是我想到的，因為我只是受到了啟發。」湯川說完，又拿起那根撿到的繩子，「這一小段弓弦應該是矢島忠昭多次實驗時使用的，於是我仔細觀察了弦的斷面，發現並沒有刀子割斷的痕跡，用顯微鏡觀察之後，發現每一根線的前端都是圓的。於是我就知道了其中的機關。」

「什麼機關？」

「是加熱。」

「加熱？」

「這根弦的材質是高密度聚乙烯，雖然強度很高，但不耐熱，也就是說，燒斷是最快的方法。接下來的問題就是要如何加熱。」湯川拿起放在工作台角落的電線，前端有一根五公分長、像是金屬棒的東西。「就是用這個，你應該看過前面裝的這個東西吧？」

即使湯川這麼說，草薙也不記得，所以只能偏著頭納悶。

「不是在矢島工業的工廠見過嗎？就是做裝雨刷水的雨刷噴水槽時所使用的加熱器，只是把那個加熱器剪短而已。」

「喔喔。」草薙想起來了，就是田中使用的東西。

湯川用鉗子夾住加熱器的根部，輕輕碰觸了繃緊的弦。

「矢島忠昭應該準備了可以在這種狀態下固定加熱器的簡單器具，今天就由我拿在手上，而且本來應該用定時器，但我手邊剛好沒有，所以就用草薙定時器。」

「草薙定時器？」

「聽到我的指令後，你就把連在加熱器上的插頭插進插座。」

草薙聽了湯川的指示，拿起電線的插頭，在插座旁做好準備。

「因為很危險，所以不要靠近弓，但你要仔細看清楚。」

「知道了。」

「好，開始囉，插電源。」

草薙聽到指令，把插頭插進了插座。

湯川拿在手上的加熱器立刻變紅，和在矢島工業看到的顏色一樣。

「弦快斷了。」湯川叫了一聲。

接著就聽到喀答一聲，弓和假人模特兒都動了一下，前一刻繃得很緊的弓弦有一部分斷了，無力地垂了下來，但另一根弓弦拉得很緊，那根弦勒住了假人模特兒的脖子。

「注意看，還有下半場。」湯川說。

加熱器持續發熱，熱量即將熔斷另一根弓弦。

這時，弓在工作台上彈了起來，發出巨大的聲音，熔斷的弓弦飛向空中，因為前端還在燃燒，所以看起來像是火焰在飛舞。

「草薙，拔插頭。」

草薙聽了湯川的指令，慌忙從插座上拔掉插頭，湯川小心翼翼地把持續發熱的加熱器拿去流理台。

「原來這次的鬼火……」草薙小聲嘀咕，「就是事件的前一天晚上，矢島在做最後的實驗，結果被秋穗看到了。」

「飯店的地毯也是被弓弦燃燒的前端燒焦的，而且，」湯川指著假人模特兒的脖子說：「你看看這個。」

草薙看著湯川手指的地方，忍不住輕輕叫了一聲。

假人模特兒的脖子上留下了明顯的擦傷痕跡，那並不只是勒痕。

「你剛才也看到了，當第二根弓弦熔斷時，沒有任何東西能夠抑制弓的作用力，所以弓身瞬間拉直。這種力量導致繞在脖子上的弦一下子被抽出來，這種摩擦力造成了這樣的傷痕。」

「原來矢島脖子上的傷痕是這樣造成的。」

草薙在旁邊的椅子上坐了下來。所有的疑點都有了合理的解釋。

「草薙刑警，你覺得怎麼樣？」湯川問道，他嘴角露出了笑容，顯然對實驗的結果很滿意。

「但是現場並沒有看到這些機關。」

「當然是共犯收走了。雖然看起來似乎大費周章，但實際所使用的東西體積並不大，這把弓也可以拆成三個部分，就能夠輕鬆裝進運動袋。」

「所以……有共犯？」

「應該是，機率是百分之九十九點九。」

草薙暗自思考起來。如果半夜去那家飯店，被別人看到的可能性很低，矢島忠昭和共犯可能事先決定了藏房間鑰匙的地方。共犯找到了鑰匙，然後直接去了房間，在盡可能不碰屍體的情況下，收拾完使用的所有東西，但這麼一來，矢島忠昭所使用的行李袋就空了，所以就把帶來的資料放進去。

「共犯是貴子嗎？」草薙問。

「你這麼認為嗎？」湯川問。

「難道你不這麼認為？」

「我認為矢島忠昭並沒有把這個計畫告訴他太太，因為他認為一旦說了，他太太就會阻止他。」

「所以……是那個男人？」草薙想起了坂井善之的臉。

「應該是，不在場證明比任何人更完美的人反而最可疑。」

「好。」草薙站了起來，「湯川，你可不可以在課長他們面前再做一次這個實驗。」

「如果有必要的話，也只能這麼辦了。」

「絕對有必要。」草薙衝向門口。

6

間宮警部聽了草薙的報告大吃一驚，不光是警部，其他偵查員也都震驚不已。於是立刻調查了矢島忠昭的經歷，發現湯川的確說對了，他從學生時代開始，有十年的射箭經驗。在調查東京都內某家弓箭器材專賣店時，發現他曾經前往購買弓弦的材料。

但警方的收穫僅此而已，並沒有任何物證顯示在飯店進行了和湯川實驗內容相同的事。

矢島工業的工廠內當然有加熱器、定時器和電線這些能夠完成該實驗的器具，但有這些器材並不代表做了那件事。

時間一天一天過去，偵查員也越來越著急。

在事件發生的一個月後，草薙來到了湯川的研究室。那是那次實驗之後，他第一次來這裡。

「所以偵查陷入了瓶頸嗎？」湯川聽了草薙說明近況後問。

「應該說，我們的任務也到此結束了，之後就交給二課去處理。」

「原來如此，所以變成了詐領保險金事件嗎？」湯川注視著電腦的螢幕，草薙完全看不懂螢幕上顯示的複雜圖像所代表的意思。「沒有找到弓嗎？」

「在矢島家的儲藏室只找到盒子，弓卻消失不見了，八成是坂井拿去丟掉了，因為上面可能留下了做為機關使用的痕跡。」

「他們應該會極其謹慎處理這件事。」湯川似乎並不感到意外。

「在這次的事件中，矢島貴子讓人猜不透，她真的和忠昭的自殺無關嗎？」

警方也徹底調查了貴子周遭的情況，但沒有發現任何和事件相關的事。

「應該沒有直接關係，但她的功勞很大。」

「功勞？」草薙看著湯川的側臉問：「什麼意思？」

湯川轉動椅子，面對草薙的方向。

「雖然我認為矢島忠昭並沒有把這次的計畫告訴他太太，但並不意味著她一無所知，也許她從矢島和坂井的態度中，隱約察覺到這件事。」

「你是說，她知道她老公要為了保險金自殺嗎？」

「我知道你想問，既然這樣，為什麼沒有制止，但我猜想她也已經走投無路，所以無法這麼做。」

草薙無法反駁草薙的話。因為到目前為止的調查發現，矢島工業已經面臨瀕死狀態。

「相反地，她試圖用自己的方式協助丈夫賭上性命的計畫，那就是她的不在場證明。」湯川繼續說道，「根據你的說明，她在三個地方製造了不在場證明。」

「沒錯，先是兒童服裝專櫃，然後是咖啡店，最後是地下樓層的食品店。」

「你認為她為什麼要在三個地方製造不在場證明？」

「因為……」

草薙答不上來。因為他從來沒有想過這個問題。

「根據我的推理，她並不知道她丈夫打算幾點自殺，只知道會在坂井善之刻意製造不在場證明的這段時間內，因為這段時間有四、五個小時，所以無法只在一個地方製造不在場證明。」

「原來是這樣啊。」

「還有另一個理由。」湯川豎起食指，「她可以自由挑選沒有不在場證明的時段。你們推測忠昭的死亡時間是傍晚五點到七點，然後在這個基礎上調查相關人員的不在場證明，所以她刻意不提咖啡店的事，因為她的目的在於把警察的懷疑吸引到自己身上。如果你們調查的是七點之後的不在場證明，她應該會隱瞞在地下樓層食品店的不在場證明。」

「她用這種方式吸引警方偵辦的注意力，然後再好像突然想起似地提出自己的不在場證明嗎？」

「你不認為警方中了她的計嗎？」戴著眼鏡的湯川露出幾分使壞的眼神。

「我無法否認這一點。」草薙老實承認，「如果當初沒有將偵辦的焦點放在她身上，或許會從其他的角度思考這起事件，她的確打亂了我們第一波偵查。」

比方說，尋找目擊證人這件事。偵查員積極尋找是否有人在傍晚五點到七點之間，在飯店周圍看到可疑的人物，但這些偵查工作毫無意義，因為共犯坂井是在當天深夜採取行動。

「我們被她擺了一道。」

「沒關係啦。」湯川輕鬆地說，「我希望他們可以順利領到保險金。不管是不是在一年之內自殺，矢島家都失去了經濟支柱。」

「但這是犯罪。」

「或許違反了規定，但一年的數字到底有什麼意義？」

草薙無法回答湯川的問題，只能說「反正就是這麼規定」。

這時，他的手機響了。他接起電話，發現是牧田打來的，通知他發生了新的事件。

「我要去執行任務了。」他站了起來。

「希望這次的事件不要再來找我了。」

草薙走出研究室時，湯川在他身後說道。

第五章

預知

1

餐桌上放滿了以海鮮為主的料理。靜子很少煮肉，因為她自己不喜歡吃。峰村英和一定是知道她的這種喜好，所以帶了味道清淡的白葡萄酒。直樹很欣賞英和，他很機靈，也會注意到這種小細節，甚至覺得他只做技術工作有點可惜。

「泡渣培養（Sur Lie）的葡萄酒使用的是早收的葡萄釀製，所以聽說口感也比較年輕，老實說，我不是很懂。」峰村正在說明他帶來的葡萄酒，可以充分感受到他努力讓自己的講解聽起來不會讓人感到不舒服。

「真的，口感很清淡，很好喝。對不對？」靜子單手拿著杯子，徵求直樹的同意。「嗯。」他點了點頭。其實他喝不出葡萄酒的味道有什麼不同，他更喜歡喝日本酒。

峰村是直樹大學的學弟，比他小三屆。他們都參加了帆船社，只不過兩個人唸的是不同的系。直樹是經濟系，峰村是工程學系，當時的關係並沒有特別好。帆船社是運動社團，學長和學弟之間存在著肉眼看不到的隔閡。

峰村進入了直樹任職的公司之後，他們才越走越近。公關部的直樹和在產品開發部的峰村雖然在工作上很少有交集，卻有帆船這個共同的興趣。對畢竟之後有了自己的帆船、每年和同好出海幾次的直樹來說，有一個值得信賴的下屬當然更安心了。
至今已經過了超過十年，仍然和峰村保持這樣的關係。每次出海前幾天，他就會來直樹家討論。今天晚上，他也是因為這個原因上門，直樹每次都會請太太做菜給他吃，也算是對他的一種犒勞。
峰村帶來的葡萄酒快喝完時，放在客廳櫃子上的手機響了。
「喔，菅原學長的手機響了。」峰村說。
「是啊，這麼晚了，有什麼事呢？」
直樹站了起來，但並沒有立刻拿起電話。他有一種不祥的預感，對自己竟然忘了關機的疏忽感到生氣。
電話鈴聲響個不停。如果不接電話，峰村和靜子一定都會懷疑。直樹無可奈何，只好接起電話。
「喂？」
「是我。」電話中傳來吸了一口氣的動靜，隨即響起一個女人的聲音，那是他熟悉的聲音。
「喔……妳好。」

不祥的預感成真了，直樹背對著坐在餐桌前的兩個人。

「你在哪裡？」

「家裡剛好有客人，我晚一點再打給妳。」

直樹的演技讓對方的女人笑了起來，「你在家吧？」

「對，是啊，所以我晚一點會打給妳，不好意思。」直樹一口氣說完，準備掛電話。

「不準掛電話，如果你掛電話，我就會一次又一次打過去，即使你關機也沒用，如果你敢這麼做，我會打你家裡的電話，我知道你家的電話號碼。」

直樹感到全身發熱。女人的態度明顯和平時不一樣。

「好，我知道了，那，妳稍等我一下。」

直樹把手機放在耳邊，打開門來到走廊上。他沒有看峰村和靜子，因為他不知道該露出怎樣的表情。

他走進了隔壁房間，那裡是他專用的書房。

「到底怎麼回事？妳不要找我的麻煩。」直樹坐在椅子上，對著電話說。

「有什麼麻煩？你這麼想隱瞞我嗎？」

「妳考慮一下我的處境，我老婆就在旁邊。」

「啊喲，」女人發出意外的聲音，「你不是說好要和你太太談我的事嗎？既然這樣，讓她知道也沒關係啊。」

「我不是說了，要看時機嗎？這種事情必須講究時機。」

「這種話你說了多少次了，我不想再聽了。」

「總之，我明天會打電話給妳，這樣就沒問題了吧？」

「不行。」女人簡短地回答。

直樹悄悄嘆了一口氣。

「什麼不行？」

「我漸漸無法相信你了，不知道你是不是真的打算和你太太離婚，你整天都說這種話，我當然會這麼想。」

「我沒有騙妳，妳不要再胡思亂想了。」直樹小聲地說，他擔心被隔壁的靜子和峰村聽到。

「那你馬上去跟她說。」

「啊？」

「你現在就去向你太太攤牌。」

「妳不要胡鬧了，我一定會找時間跟她說。」

「我哪裡胡鬧了！」女人歇斯底里地提高了音量，「你整天說找時間、找時間，到底要我等多久？我已經等不及了，所以才打這通電話。」

「妳明知道突然提出這樣的要求，我也無可奈何。」直樹用懇求的語氣說道。

「如果你不敢說，那就由我來說，你把電話交給你太太。」

「我怎麼可能這麼做？好吧，那我們明天好好聊一聊，妳覺得約在哪裡比較好？」

直樹想趕快擺平這件事，但女人並不聽他的話。

「你叫你太太來聽電話。」

「別開玩笑了。」

「你覺得我說這種話是在開玩笑嗎？」

「但至少妳現在不夠冷靜，妳要不要先冷靜一下？」

女人立刻閉了嘴。這樣的沉默讓直樹感到害怕。

「我倒是勸你認真一點。」女人壓低了聲音。

「什麼意思？」

「你在自己的房間吧？你打開窗簾看一下。」

「什麼？」

「我叫你打開窗簾看一下，還是說，你現在甚至不想看我一眼了？」

直樹內心閃過一絲不安，那個女人在想什麼？

他伸手抓窗簾角落，然後向旁邊一拉。

眼前有一棟公寓，可以看到對面房間的陽台，窗簾敞開著，房間內的女人面對這裡站著，手上拿著手機。

「妳到底想幹嘛？」他問。

「既然你不願認真，那我也做好了心理準備。」女人說完，向後退了幾步。

那裡有一個鋼管曬衣架，可以自由伸縮，鋼管部分拉到了最高處，但上面完全沒有掛任何衣服。直樹看到掛在曬衣架的東西，忍不住倒吸了一口氣，那是一條前方有繩環的繩子。

「喂，妳要幹什麼？」

但是，女人沒有回答他，似乎把什麼東西放在曬衣架下方，然後站了上去。她面對直樹的方向，把脖子伸進了繩環。

「喂，富由子。」直樹叫著女人的名字，「妳別亂開玩笑。」

「我可沒開玩笑，我剛才不是說，我做好了心理準備嗎？」

「妳下來，不要做傻事。」

「如果你不希望我這麼做，就答應我的要求。」

「好，那我去和我老婆談，這幾天一定找機會和她談，所以妳不要做傻事。」

「我不相信你這種話，除非你馬上叫你太太來聽電話，我要親口告訴她我的決心。」

「妳饒了我吧，這根本是威脅嘛，妳看到我痛苦很高興嗎？」

「那你呢？你對讓我痛苦了這麼久有什麼看法呢？我已經無法再忍耐了，還不如死了算了。」

「對不起，我覺得很對不起妳，所以妳……」

「叫你太太聽電話。」

「現在不行。」

「無論如何都不行嗎？」

「因為沒辦——」

「再見。」

他看到女人一跳，曬衣架搖晃了一下。

「啊，富由子。」直樹大叫一聲，「喂，喂，富由子。」

電話彼端沒有任何聲音，直樹凝視著對面那個房間，女人的身體懸在中央，腦袋無力地倒向前方，雙手垂了下來，看起來不像是假裝的。

下一剎那，走廊上傳來奔跑的聲音，接著聽到了敲門聲。

「菅原學長，你可以把門打開嗎？出事了！」門外傳來峰村的聲音。

直樹沒有回答，峰村就把門打開了，看到直樹手上拿著手機，他露出一絲猶豫的表情。

「啊，不好意思，你還在打電話嗎？」

「不……已經打完了。」直樹掛上了電話。

「出事了，住在對面的女人企圖自殺。」峰村雙眼帶著血絲。

「你看到了嗎？」

「對，我剛好看向窗外，結果就看到了……」峰村說到這裡，似乎發現這個房間的窗簾也拉開了一半，「學長，你也看到了嗎？」

「嗯、嗯……」

「是不是該報警？我想應該沒有其他人發現。」

「不，你等一下。」直樹叫住了準備離開的峰村，「靜子在幹什麼？」

「大嫂也看到了，好像嚇壞了，現在應該在沙發上休息。」

「是嗎？」直樹咬著嘴唇，各種想法在腦海中翻騰，根本理不出頭緒，一切都亂成一團。

「學長，是不是要報警——？」

「等一下。」直樹張開右手，「那個女人，在和我交往。」

「啊？」峰村瞪大了眼睛。

「現在沒時間向你說明詳細情況，反正就是這麼一回事。所以她剛才打電話給我，說如果我不向老婆攤牌，她就要去死，我以為她在威脅我。」

「沒想到她真的自殺了。」

「就是這樣。」直樹點了點頭，他感到全身無力。

「怎麼會……」峰村似乎也說不出話。

直樹雙手抱著頭。

「這下子慘了，如果警察調查那個女人的房間，就會知道她自殺的理由，到時候公司會知道……啊啊。」

「好，學長，我去那裡看看，也許送醫院還有救。我去看看。」

「真的有辦法救活嗎？」直樹無力地回答，峰村的話雖然帶給他一線希望，但眼前還是一片漆黑。

「雖然還不知道結果，但現在只能這麼做。」

「是啊，那你可不可以去看看？」

「好，一有結果，我馬上通知你。」

「鑰匙在這裡。」直樹打開書桌的抽屜，拿出藏在裡面的鑰匙。

但是峰村搖了搖頭。

「自己開門進去不太好，還是請管理員去開門比較好。」

「喔，有道理。」峰村說得沒錯。

峰村走出去後，沒有去客廳，就直奔玄關，他應該也不知道要怎麼向靜了說明。

直樹看著自己手上的鑰匙，這把鑰匙帶來了惡夢。

2

瀨戶富由子是廣告公司的女職員，大約一年前，直樹在公司為新開發商品做促銷活動時認識了她。

她穿著線條俐落的套裝，工作上精明能幹，直樹對她產生了新鮮感。因為在他周圍，並沒有人像她那樣，屬於典型的職業女性。

他們是因為直樹主動打電話給她後開始交往。一起吃了幾次飯，然後有了肉體關係。和她私下相處時，她很有女人味，有時候毫不掩飾自己的嫉妒，有時候也會像小女孩一樣耍任性。這種和工作上的落差令直樹感到不知所措，但也漸漸認為這是她的迷人之處。總之，直樹被她迷得神魂顛倒。

妻子靜子屬於溫柔婉約型，是凡事都能夠處理得圓滑周到的優等生，任何時候都把丈夫和家庭放在首位。直樹當初就是愛上她的這種性格，決定和她結婚。但結婚幾年之後，這種圓滑周到變得很無趣，他也多次外遇，但都沒有交往太久，甚至也有幾次只是一夜情。

但是，他和富由子的交往不一樣。和她在一起的時間讓直樹有幸福的感覺，不久之後，他就希望可以和她廝守在一起。他之後開始後悔當時的感情是「著了魔」。

交往半年後，富由子懷孕了。那是他喝醉了酒，覺得「和這個女人結婚也沒關係」，沒有避孕的結果。直樹得知富由子懷孕的事，第一次慌了神，無論如何都不能讓她把孩子生下來，雖然曾經覺得和她結婚也沒問題，但他並沒有做好相應的心理準備。

「我遲早會和我老婆離婚，妳再給我一點時間。」

他也說了這句男人不知道怎麼應付外面的女人時常說的話，首先要讓她墮胎，以後的事再慢慢考慮。

但瀨戶富由子並不是那種可以隨便哄騙的女人，她在墮胎之後，做出了讓直樹嚇破了膽的行動。她竟然搬到他住的公寓正對面，而且一打開窗戶就可以看到。

「因為房租很貴，所以那棟公寓都沒有人租，還有很多空房間。話說回來，能租到那個房間真是太幸運了，我覺得簡直就是命運的安排。」

直樹回想起富由子喜孜孜地說這番話時的神情，他手上拿的就是她當時交給他的鑰匙。

對男人來說，情婦住得太近很可怕，而且富由子還用各種方式向直樹施壓。靜子去買菜時，她會在後面跟蹤，然後打電話對他說：「你今天的晚餐是不是吃多利魚？」直樹和靜子走在路上時，她故意迎面走來，在擦身而過時摸他的手。甚至有一次直樹不經意地看向窗外時，發現她正用望遠鏡看自己。

他每次都表達抗議，但她每次都說：

「都是你不好，我離你這麼近，你還遲遲不和你太太離婚，所以我當然會想要破壞啊。我很愛你，所以已經沒辦法克制了。」

直樹漸漸對富由子感到害怕，因為不知道她什麼時候會做出什麼事。

「你該不會想和我分手吧？」她有時候在床上這麼問，「如果你有這種想法，早點告訴我，我會離開你，但不會就這樣輕易放過你，我會把我們的事告訴周圍所有人，不管是我們公司的人，還是你們公司的人，當然還有你太太。你還要付我一筆贍養費，因為你之前說要和我結婚，我認識一個超優秀的律師，你要做好心理準備。」

她在說這些話時，臉上的表情簡直就像是惡魔，直樹不由得感到背脊發涼，只好辯解說：「我才沒有想和妳分手。」

必須趕快採取措施——他最近一直在想這件事，因為他感覺到富由子的忍耐已經到了極限。

但是，沒想到她竟然會這麼做。直樹注視著鑰匙想——

直樹看到富由子的房間有了動靜，他目不轉睛地注視著對面，看到一個陌生的中年男子戰戰兢兢地走進房間。峰村跟在那個男人身後。男人穿著深藍色工作服，應該是管理員。

他們兩個人慢慢推倒鋼管衣架，把掛在衣架上的富由子身體放了下來。陽台的欄杆擋住了視野，直樹無法看到之後的情況，但管理員很快站了起來，打開門走了出去，臉上的表情很嚴肅。

峰村也很快站了起來，他把手機放在耳邊，面對直樹的方向。

直樹的手機響了。他按下通話鍵，還等不及峰村開口，就迫不及待地問：「情況怎麼樣？」

「不太清楚，可能沒救了，因為完全沒有呼吸，也沒有心跳。」峰村的聲音聽起來很沮喪。他在對面的房間搖了搖頭。

「是喔……」

「管理員去打電話給醫院和報警了。」

「我知道了，不好意思。」

「別客氣。那個……窗簾怎麼辦？」

「窗簾？」

「就讓它繼續敞開著嗎？」

「喔，不，把它拉起來。」

「好。」

掛上電話後，他看到峰村拉起了窗簾。

直樹重重地吐了一口氣後站了起來，全身就像鉛塊般沉重，他很想就這樣逃避這一切。但他無法這麼做，因為警察早晚會找上門，峰村雖然對自己很忠實，但也不可能對警察說謊。

在此之前，必須先解決另一件事。他走出房間，走進了客廳。峰村說得沒錯，靜子臉色蒼白地坐在沙發上。

「老公，對面的公寓——」

「我知道。」直樹想要調整呼吸，但反而更喘不過氣。他呼吸急促地說：「我有話要對妳說。」

他感受到靜子用力吞著口水。

3

刑警小田認為整件事雖然很離奇，但並不是刑事案件，至少不是殺人事件，只是一個瘋女人為了教訓外遇對象自殺了。鑑識人員也沒有發現任何疑點，最重要的是，那個女人在自殺時有目擊證人。

唯一令人在意的是，其中一名目擊者就是她的外遇對象，但第三者證明，那個女人自殺時，他在自己的房間，所以完全排除了下手的可能性。

但偵查過程中，凡事都要確認，所以必須調查是否還有其他目擊證人。小田帶著和他一樣意興闌珊的後輩刑警一起前往七〇五室。那個自殺女人的外遇對象就住在隔壁七〇六室。

按了對講機的門鈴後，聽到一個像是家庭主婦的女人聲音。小田報上了自己的身分。門立刻打開了，一個三十多歲的嬌小女人探出頭。不知道是否因為聽說是警察，臉上的表情顯得有點緊張。這也很正常。

小田出示了證件，問她是否知道昨晚發生的事。距離接到報警電話已經過了十二個小時，目前是上午九點多。

「我看到有警車，外面很吵鬧。」女人不安地回答。不知道是否因為氣色不好的關係，看起來有點神經質。也許她不是那種會和附近的家庭主婦站在巷子裡聊八卦的人。

「住在對面公寓的女人自殺了。」

她聽到小田這麼說，瞪大了眼睛。小田有點意外，沒想到現在有人聽到自殺的消息會有這麼大的反應。

「妳家剛好可以看到那個女人住的房間窗戶，所以我在想，也許你們是否曾經看到什麼。」

小田在說出口時，意識到自己問了蠢問題。因為她連有人自殺也不知道，當然不可能看到什麼。站在旁邊的後輩刑警開始東張西望。

沒想到那名主婦聽了小田的問話後的反應出乎他的意料，她驚訝地張著嘴，不停地眨著眼。

「怎麼了嗎？」他忍不住問。

「那個、那個女人，」她按著胸口繼續問道：「是……上吊嗎？」

小田和後輩刑警互看了一眼之後，再度看著她。

「是啊，妳怎麼知道她是上吊自殺。」

「因為、那個、我女兒……」

「妳女兒？」

「對，我有一個女兒，我的女兒，」說到這裡，她低下了頭，「啊，但是這種事不值得和刑警說，因為一定只是巧合而已。」

任何人聽到這種話，都不可能不好奇。

「請問是什麼事？可以請妳告訴我們嗎？任何事都沒有關係。」

她仍然在猶豫，然後略帶遲疑地開了口。

「我女兒說了很奇怪的事，她說看到住在對面的女人上吊自殺了。」

「她看到？請問是什麼時候的事？」

「我女兒……是在兩天前的早上說這件事。」

「兩天前？」

兩名刑警再次互看著。

4

「預知嗎？所以又找上了專門負責怪力亂神事件的刑警草薙俊平出馬嗎？」坐在副駕駛座上的湯川學挖苦道。他把座椅放了下來，一雙長腿盤了起來。他今天穿了一件亞曼尼的黑色襯衫，戴著黑色墨鏡，怎麼看都不像是物理學家。

「並沒有特別找我，只是轄區分局報告了這個案子，我有點在意，決定調查一下。」草薙握著方向盤回答。

「轄區分局怎麼判斷？」

「並沒有做出任何判斷，如果非要說有什麼判斷的話，就是他們認為純屬巧合，基本上已經認為那是一件自殺事件。」

「自殺這件事本身沒有疑點吧。」

「完全沒有，解剖結果也沒有發現任何可疑的地方。」

「聽說自殺和他殺時，被勒緊的感覺不一樣。」

「這一點當然也沒問題。」

「既然這樣，你就不必插手啊。你不是負責殺人事件嗎？每天有這麼多人遭到殺害，哪有閒工夫在這裡開車兜風？」

「我雖然也這麼想，但還是覺得放心不下。」

「你放心不下是你的事，可別把我也捲進去，我還要為學生寫的那些差勁的報告打分數呢。」

「別這麼說嘛，我還不是因為你的關係，才會對這種事件產生興趣。用科學的方式分析這些聽起來靈異的事，會發現意外的真理。」

「從你口中聽到科學和真理這些字眼，讓我覺得對二十一世紀充滿期待，真是太不可思議了。」

草薙開著Skyline抵達了現場，幹線道路旁有一排高樓公寓。

「先去哪一家？」草薙下車後，輪流看著兩棟公寓。瀨戶富由子自殺的那個房間在左側那棟棕色的公寓，她的外遇對象住在右側那棟白色公寓內。有預知能力的少女也住在白色公寓內。

「都可以，你喜歡先去哪裡就哪裡，我很想在車上等你。」

「好，那就先去找預知少女。」草薙抓著湯川的手臂走了起來。

七〇五室那戶人家姓飯塚。草薙對著一樓大門口的對講機報上了姓名，不一會兒，聽到「請進」的聲音，有自動門禁系統的大門也打開了。

「我們似乎獲准拜見預知少女了。」湯川在電梯中說。

「無所謂啦，但你先把墨鏡拿下來。我這個刑警努力表現出親切的態度，你可別搞破壞。」

「預知少女應該具備了洞悉人類本質的能力。」湯川說完，拿下了墨鏡，戴上了平時戴的金框眼鏡。

來到七〇五室，走進差不多有十坪大的客廳，客廳的角落放了一架鋼琴。草薙和湯川一起坐在圍著大理石茶几的沙發上。

招呼他們的女人叫飯塚朋子，她和丈夫、女兒三個人住在這裡，她的丈夫是東京都某家知名餐廳的主廚。

「今天登門打擾並不是有什麼問題，只是想再確認一下。在百忙之中打擾，真的很抱歉。」草薙再度低頭道歉。

「我好像太多嘴了，其實只要我們不在意那件事就好了……。我老公也罵我，說都怪我向警方說了那些話，反而增加了你們的工作。」

「不，因為不知道什麼事會成為破案的線索，所以我們很希望你們把知道的一切都說出來。聽說令千金一直在家？」

「對，她現在也在。因為她天生心臟不好，一直進出醫院。」

「是這樣啊，可以見一見她嗎？」

「那倒是沒問題，只是請你們不要說太刺激的事。我剛才也說了，她身體很虛弱，有時候一點小事就會引起發作。」

「我們非常瞭解，而且會注意。」

「還有一件事想拜託你們。」

「什麼事？」

「請千萬不要把我女兒的事告訴媒體，因為如果媒體大肆報導她預知了那起事件，我們會很傷腦筋。」

「沒問題，我向妳保證，絕對不會告訴媒體。」

的確很可能發生這種事。如果媒體得知少女預言了這件事，一定會紛紛登門採訪。

「拜託了，那請跟我來。」

草薙和湯川跟著飯塚朋子來到走廊深處的房間門口，朋子先獨自走進房間，不一會兒，打開門對他們說：「請進。」

那是一間四坪大的西式房間，牆上貼著可愛的花卉壁紙，窗邊放了一張木床，一個十歲左右的少女躺在床上。她在母親的協助下坐了起來。她皮膚很白，有一頭棕色的頭髮。

「兩位好。」她說。

「妳好。」草薙也向她打招呼，湯川只是微微欠身，站在門旁。草薙想起他不擅長和小孩打交道。

「聽說妳看到了可怕的事。」草薙站在床邊問。

少女抬頭看著他，用力點了點頭。

「什麼時候？」

「這個星期二的晚上，但可能已經過了十二點，所以要算星期三？」

時間似乎是星期二深夜到星期三的凌晨，也就是說，是事件發生的三天前。

「妳看到了什麼？」

「因為我半夜醒過來，想要看星星，就把窗簾掀了起來，結果看到一個女人在對面那棟房子的房間內做奇怪的事。」

「哪個房間？」

「就是那個。」少女掀起旁邊的窗簾，指著窗外說。

草薙彎下腰，看著她纖細的手指所指的方向，看到了掛著綠色窗簾的窗戶。

「什麼奇怪的事？」

「她在像單槓一樣的地方綁了一根繩子，那個繩子前面有一個圈圈，她把脖子伸了進去……」少女沒有繼續說下去。

「然後呢？」

草薙追問，少女低下了頭。

「看起來好像從一個凳子上跳了下來。」

草薙回頭看著湯川，湯川面不改色，挑了挑單側的眉毛。

「然後呢？」草薙繼續問少女。

「然後……我就不知道了。」

「不知道是……」

「我女兒說，因為太可怕了，她嚇了一跳，然後就昏過去了。我們也是在隔天早晨才聽她提起這件事。」飯塚朋子在一旁為女兒解釋。

「原來是這樣，你們聽了之後怎麼處理？」

「我們聽了之後都嚇了一跳，馬上看向那個房間，因為如果真的發生了我女兒說的情況，就必須馬上報警。」

「結果呢？」草薙問。

飯塚朋子輕輕嘆了一口氣，搖了搖頭說：

「據我們的觀察，那裡並沒有發生那種事。」

「妳是說，並沒有上吊的屍體嗎？」

「對，而且住在那個房間的女生很有活力地出現在陽台上，她好像正在打電話，我看到她對著電話有說有笑。」

草薙問少女：「妳也看到了那個女人嗎？」

少女點了點頭。

「和前一天晚上看到上吊的女人是同一個人嗎？」

「應該是。」

「是喔。」草薙抱著雙臂，露出了微笑，「的確很不可思議。」

「我想應該是她做了夢，她經常這樣，會把夢境和現實混在一起告訴我們。」

「我覺得那不是夢。」少女小聲地說，但似乎沒有自信可以斷言並不是夢。因為那個女人隔天還活著，所以她也承認上吊自殺的事不是事實。

果然是夢嗎？但是現實和夢境會這麼一致嗎？如果不是夢，那少女看到了什麼？

草薙再度看向湯川，「你有沒有要問什麼？」

湯川靠在門上想了一下後問：「妳清楚看到了女人的臉和衣服嗎？」

「看到了，她穿著紅色的衣服。」少女回答。

「原來是這樣。」湯川點了點頭，看著草薙。

「沒問題了嗎？」

「對，沒問題了。」物理學家很乾脆地回答。

之後，三個大人回到客廳。草薙向飯塚朋子打聽了住在隔壁的菅原直樹，但朋子幾乎都答不上來，他們似乎沒有來往。

草薙向她道謝後，和湯川一起離開了。

5

「你怎麼看？」草薙走出公寓後問湯川。

「你自己怎麼看呢？」湯川反問他。他們經常這樣一問一答。

「我也不太清楚，但看了那個女孩後，我覺得可能真的有這麼一回事。不是經常說，身體虛弱的人直覺往往比較敏銳嗎？」

「所以你認為是預知夢。」

「我覺得有可能……」

「既然這樣，就當作是這樣不就好了嗎？那名少女預知住在對面的女人會自殺，事實也的確如此——這樣就好了，完全沒有任何問題。」湯川說完，走向車子。

「喂，你要去哪裡？」

「回去啊。既然已經得出是預知夢的結論，就輪不到我說什麼了。」

這個男人怎麼會這麼彆扭？草薙忍不住這麼想，然後走到他身旁，像剛才一樣抓住了他的手臂。

「我們普通人很容易往神秘力量的方向思考，科學家的工作不就是要阻止這種事嗎？來，趕快走吧。」草薙拉著他的手臂走向左側棕色的公寓。

草薙事先透過轄區分局打了招呼，所以很快就向管理員借到了瀨戶富由子房間的鑰匙。管理員是實質上最先發現屍體的人，似乎仍然害怕靠近那個房間，於是草薙就和湯川兩個人去房間察看。

「預知夢也可以說是機率的結果。」走去瀨戶富由子房間的路上，湯川開了口。

「你認為人在一個晚上會做多少夢？」

「不知道，我從來沒有想過這個問題。」

「哼。」湯川用鼻孔噴氣後說：「人在快速動眼期睡眠時才會做夢，一個晚上會有五次快速動眼期，在這段期間內會做很多夢，這些夢中又有好幾件事。人一到晚上就會睡覺，所以一個月夢到的事件數量很龐大，即使有和現實中發生的事很相似的內容也沒什麼奇怪。」

「但我很少做夢，最多也只做一個夢而已。」

「這是因為你忘了大部分的夢，只記得醒來之前做的夢，但有時候會想起忘記的夢，像是現實中出現了和夢境中相似的事，就會想起自己的夢，發現自己以前夢見過，同時，現實中沒有發生的許許多多的夢都忘記了。應該說，甚至不記得自己曾經做過那樣的夢，就像你一樣。」

「但是剛才的女孩在自殺事件發生之前就已經預知了這件事，並不是發生之後，她想起了夢境的內容。」

「是啊，另一種情況就是預言者的手法。」

「什麼意思？」

「先預言很多事，盡可能把夢到的事告訴很多人，飯塚太太不是也說了嗎？她女兒經常把夢到的事和現實混在一起告訴他們。」

「嗯，她的確這麼說。」

「當預言很多事時，就會有說中的預言。預言者就會強調這件事，聽的人就會對這件事印象深刻，忘記其他沒有說中的預言，這是冒牌預言家慣用的手法。」

「你覺得那個女孩用了這種手法嗎？」

「我並不會說她是故意，只是說不能排除有這種情況的可能性。」

他們聊著天，來到了瀨戶富由子的家門前，草薙用備用鑰匙打開了門。

室內維持了轄區分局調查時的狀態，但轄區分局說，房間內沒什麼值得調查的事。房間差不多五坪大，是有一個小廚房的套房，牆邊放著收納家具，整理得很乾淨。有一張雙人床，菅原直樹應該多次在這張床上和她翻雲覆雨。

床邊有一個鋼管曬衣架，正如少女所說，外形像單槓。草薙想起以前有一種練引體向上的健身器材，和這個曬衣架的外形很相似。

曬衣架的寬度大約六、七十公分，鋼管的直徑大約五、六公分，縱向的鋼管可以伸縮調整高度，和調整腳踏車坐墊的原理相同，內側的鋼管上打了幾個洞，只要對準外側鋼管上的洞，就可以用螺絲固定。

目前似乎拉到了最高處，掛衣架的鋼管離地大約兩公尺。

「沒有看到繩子。」湯川說。

「轄區分局帶走了，聽說只是把曬衣服的尼龍繩剪短。」

「雖然確認這種事很無聊，但和脖子上的勒痕一致吧？」

「當然，你別把警察當傻瓜。」

絞殺屍體和上吊屍體在脖子上留下的勒痕完全不同，這是法醫學的基礎。

湯川伸手抓住了鋼管曬衣架上方的鋼管，兩腳稍微懸空。

「沒想到很結實。」

「死去的那個女人體重大約四十公斤，所以應該沒問題。」

「她就站在這個上面嗎？」湯川指著腳邊梳妝台用的椅子。

「好像是。」草薙回答。報告上也這麼寫著。

湯川露出沉思的表情走到窗邊，拉開了綠色的窗簾，看到眼前的白色公寓。正前方就是菅原直樹夫婦的家，隔壁是飯塚家。

「果然是巧合嗎？」草薙在湯川身後問。

「雖然我也希望是這樣，但有幾個不容忽視的地方。」

「哪幾個？」

「剛才那個女孩說曬衣架是像單槓一樣的東西，也就是說，她並不知道鋼管曬衣架這種東西。她夢見女人上吊自殺沒有問題，但為什麼會出現單槓這個完全無關的東西。」

「聽你這麼說，的確有道理。」

「來玩一個推理遊戲。」湯川坐在床上，蹺起了腿，「如果女孩不是做夢，而是真的看到了。」

草薙站在原地抱著雙臂，「就代表那個女人在三天前也試圖上吊自殺，但當時失敗了嗎？」

「你忘了飯塚太太剛才說的話，女人隔天打電話時有說有笑，如果是自殺未遂的人，這種舉動不是很不自然嗎？」

「是啊……」

「反過來說，」湯川說，「看起來這麼有活力的女人在兩天後企圖自殺，不是也很不自然嗎？」

「啊！」草薙輕聲叫了起來，「的確是這樣。」

「打電話時有說有笑的女人和上吊自殺的女人——到底哪一個才是她的真面目，我認為這起事件的關鍵就隱藏在這裡。」

「當然是上吊自殺才是真面目，因為不可能因為好玩鬧自殺。」

湯川聽了草薙的話，表情有了些微的變化。他抿著嘴，推了推眼鏡。

「為了好玩鬧自殺嗎？也許這很接近真相。」

「開什麼玩笑，怎麼可能有人為了好玩鬧自殺。」

「那就換一種方式說，鬧著玩上吊，但並不想死。」

草薙倒吸了一口氣。他之前完全沒有想過這種可能。

「假裝自殺嗎？」

「不可能嗎？」湯川從下方探頭看著他的臉。

「不，完全有可能。」草薙回想起報告上的內容，瀨戶富由子威脅菅原說，要他馬上和他太太攤牌，否則她就要自殺。菅原以為她只是說說而已，所以並沒有理會她，沒想到瀨戶真的上吊了。但是仔細想一下，就覺得這件事有蹊蹺。許多女人因為外遇的男人遲遲無法把她扶正感到不耐煩，揚言要自殺，但通常沒有人真的去死。」

「假設其中有一個詭計，」湯川豎起食指，「雖然上吊了，卻死不了的詭計，女人為了威脅男人，決定在他面前用這個詭計，但有一個問題，這個詭計需要練習和準備。」

「是喔，所以在事件發生的三天前上吊。」草薙打了一個響指。

「先彩排一下。」

「所以瀨戶富由子並不是因為自殺而死，而是因為意外而死，那個詭計因為某種原因失敗了。」

「按照目前的推理，就是這麼回事。」湯川的回答很奇怪。

「但到底是什麼詭計呢？如果有什麼機關，鑑識人員應該會發現。」

「當然，如果那個機關還留在現場的話。」

「什麼？」草薙看著湯川的臉，「什麼意思？」

「我說的是警察來之前，有人把機關拿走的可能性。」

「有人……」

「那個機關絕對不是瀨戶富由子一個人完成，這一點可以確定。」湯川斷言道，

「你再回想一下那個女孩說的話，雖然是深夜，但她清楚看到了房間內的情況，不是嗎？也就是說，房間的窗簾並沒有拉，瀨戶富由子是讓對面公寓內的人看她彩排的情況。」

「對面公寓的人，所以是菅原直樹的太太靜子……」

「她沒辦法來這裡把機關拿走。」

「那倒是，所以……」

草薙在腦海中列出了這起事件相關人員的名字，發現屍體的人是公寓的管理員和——

「通知管理員瀨戶富由子上吊，一起進來這裡的男人嗎？我記得他姓峰村，是菅原的學弟，他協助了瀨戶嗎？」

「這都是推理而已。」

「不，很有可能。好，我去找峰村瞭解情況，如果他慫恿瀨戶假裝自殺，結果導致她意外死亡，峰村也有責任。」

「草薙，」湯川叫了一聲，「你不要打草驚蛇，事情搞不好更加複雜。」

「你說什麼？」

湯川站了起來，走向鋼管曬衣架，仔細打量之後，看著草薙說：

「我是說，假裝自殺失敗可能也是原本的計畫。」

6

峰村英和剛走出研究所，有人在背後拍了拍他的肩膀。回頭一看，同事阪田笑著對他說：

「聽說使用了ER流體的復健器材決定要投入量產，真是太好了。」

「喔，你聽說了嗎？消息真靈通啊。」峰村笑著回答。

「聽說訓練機的銷量也很不錯，你們部門頻頻立功啊。」

「現在還言之過早。」

「不、不，能夠選中復健器材就很了不起，之前完全沒想到ER流體的應用範圍可以這麼廣泛，峰村主任，你就等著步步高升了。」

他們一起走向車站。

「對了，」阪田突然壓低了聲音，「聽說公關部的菅原真的要辭職了。」

「是喔……」

「因為發生了那種事，很難繼續留在公司了。不過真羨慕他，他家很有錢，反正也不愁吃穿。」阪田用聊八卦的語氣談論這件事，他並不知道菅原直樹是峰村的學長。

「以後外遇時可要小心點。」阪田嘻皮笑臉地說。

峰村和他道別後去了新宿。今天他和人約在一家熱鬧的咖啡店見面。

靜子坐在倒數第二張桌子旁。她戴著墨鏡，應該擔心被別人看到。峰村走過去時，她露出淡淡的微笑。

「我今天交出去了。」她簡短地說。

「什麼交出去？」

「離婚協議書。」

「喔。」峰村輕輕點了點頭，「感覺終於等到這一天了。」

「接下來就輪到你了。」

「是啊。」峰村喝著黑咖啡，苦味在嘴裡擴散。

他在兩個月前見到了瀨戶富由子，是瀨戶富由子主動來找他。

她告訴峰村自己和直樹的事之後，說她還知道峰村和靜子外遇的事。她搬到直樹家附近，在調查直樹周遭的情況後察覺到這件事。

「但是你放心，目前我並不打算把你們的事告訴直樹。」富由子用公事化的口吻說。

如果把他們的事告訴直樹，直樹可能會認真考慮和靜子離婚，但她說，這樣沒有意義。

「我希望直樹是因為選擇我，和他太太離婚，至少我必須是他提出離婚的最大理由。」

峰村發現她屬於那種凡事都要以自我為中心的性格。

「但是，」她又繼續說了下去，「請你不要忘記我知道你們的事，而且你要協助我趕快實現我的願望。你們也希望直樹趕快提出離婚吧？我有言在先，你不要因為知道了我的事，就讓靜子提出離婚。如果你這麼做，我就不得不把你們的事告訴直樹，你應該並不希望看到這種情況發生。」

瀨戶富由子已經調查到峰村結了婚。

「還有一件事，我相信這件事不用我提醒，你應該也知道，你要忠告靜子，當直樹提出離婚時，她要馬上答應，而且也不能要求贍養費。到時候是靜子搬出那個家，直樹繼續留在那裡，只要你們能夠遵守這幾件事，你們的事，我就不會說出去。」

峰村忍不住抗議，既然菅原夫婦雙方都外遇，這樣的處理方式對靜子太不公平了，她很意外地瞪大了眼睛。

「雖然他們雙方都外遇，但直樹外遇對象的我是單身，但靜子外遇對象的你卻有太太，也就是你們雙方都是外遇。而且如果我沒有來找你，你們根本不知道直樹在外面有女人。如果我把你們的事告訴直樹，他主動提出離婚的話，靜子非但拿不到贍養費，搞不好反而要付贍養費。只要這麼想，你們應該要感激我。」

瀨戶富由子雖然擺出一副恩人的姿態，但她應該有自己的算計。與其因為她和直樹的關係曝光，導致無法順利解決離婚問題，還不如先告訴對方，掌握主動權。

她希望直樹為了選擇她而離婚這個想法似乎發自內心。峰村在她為了假裝自殺的事和他商量時，得知了她的這種想法。

之後，他曾經和富由子見了幾次面，主要目的都是向她提供消息。當她得知直樹遲遲沒有提出離婚時，不由得焦急起來，她似乎在忍無可忍之後，想到要假裝自殺。

「我覺得不嚇唬他一下不行，因為他好像把我當成很好打發的女人。」

峰村雖然認為應該沒這回事，但還是繼續聽她說話。

她打算威脅直樹，如果不馬上提出離婚，她就要自殺。因為光是威脅，直樹可能不會相信，所以要讓他隔著窗戶親眼看到，如果他還不當真，那就真的死給他看。

「我當然並不想死，只是想嚇唬他，所以我正在思考有沒有什麼方法可以看起來像自殺，但不會死的方法，你有沒有好方法？」

這個計畫很幼稚，瀨戶富由子這個女人工作的時候穩重冷靜，深思熟慮，所以受到高度評價，但一旦談戀愛就會迷失自己。

峰村不認為她假裝自殺的方法會成功，峰村很瞭解菅原直樹的性格，他應該已經不愛富由子了，到時候富由子一定會惱羞成怒，然後在衝動之下，把峰村和靜子的關係告訴直樹。

直樹得知遭到自己關照多年的學弟背叛，一定會怒不可遏，到時候會用各種手段毀了峰村，當然也會把一切告訴峰村的妻子。

對峰村來說，瀨戶富由子簡直就是災難的種子，不知道什麼時候會發芽。

峰村思考了一晚之後，決定只能在萌芽之前就徹底消滅。

「我打算下個星期搬家。」靜子喝著奶茶。

「妳已經找到房子了嗎？」

「我先回娘家，因為我爸媽叫我回去。」

「這樣不錯，你們目前住的房子要怎麼處理？」

「房屋仲介說，等大家漸漸忘了這件事之後再出售。因為地段很好，而且房子也很大，也許可以賣七千萬左右。」

「這樣啊。」峰村點了點頭。

這次離婚，讓靜子拿到了一大筆贍養費，而且房子和車子都歸她，直樹之後每個月都要支付她的生活費。如果瀨戶富由子活著，她什麼都拿不到。

一切都按照計畫進行。正如靜子所說，接下來只等峰村如何設法和妻子離婚。

但是，最重要的環節嚴重偏離了計畫。

昨天晚上，妻子紀子把幾張照片丟在峰村面前，她的表情嚴肅陰沉。

「這是什麼？」他問。紀子說：「你別問了，先看了再說。」

他拿起照片，幾秒鐘後，不由得倒吸了一口氣，察覺到自己臉色發白。

「這是……」

「我僱了偵探。」紀子用平穩的聲音說，「因為你最近的行為很奇怪。不，老實說，我之前就已經懷疑你是不是在外面有女人，雖然我並不希望我猜中。」

峰村一直看著手上的照片，無法阻止自己的手發抖。

「那個女人是菅原學長的太太吧？你竟然和這麼關照你的學長的太太勾勾搭搭，你竟然做得出這種事！」

「等一下，這是有原因的。」

「我相信有原因，只是我現在不想聽，你到法庭上再說吧。」

「法庭？」

「我會找太田律師處理這件事，因為我自己沒辦法處理。」紀子語氣堅定地對他說，太田律師是和她父親很熟的律師。

「紀子，我們先好好談一談，不需要鬧上法庭……」

「不光是你外遇的事。」

「啊……」

「我是說，並不是只有外遇的事。」說完，她從峰村手上的照片中拿出一張，「這個女人是誰？她不是菅原學長的太太吧？」

峰村答不上來，只覺得全身冒著冷汗。

「偵探事務所的人說，這個女人前一陣子自殺了，而且是菅原學長的情婦。我也看報紙確認過了，但你為什麼會和那個女人在一起？並不是只有這幾張照片而已，還拍到了你去這個女人家裡的照片，而且就在她自殺之前，這是怎麼回事？」

峰村答不上來。他在專業領域的材料工學方面有無窮無盡的點子，現在卻想不出任何藉口。

「我今天晚上就會回娘家。」紀子收起照片站了起來。

峰村無論如何都必須挽留她，但身體無法動彈。

「明天要不要開車出去走一走？」峰村看著已經喝完咖啡的杯子問靜子。明天是星期六。

「好啊，但被人看到不太好吧？」

「只要小心點就沒有關係。我們去伊豆住一晚。」

「真的嗎？那我要趕快去買衣服，因為我都沒什麼衣服可以穿。這是第一次和你去旅行，我要打扮得漂亮點。」靜子像少女般露出燦爛的表情。

「嗯，是啊。」峰村面帶微笑地說：「妳可以好好打扮一下。」

7

帝都大學理工學院物理系第十三研究室。草薙一推開門，看到身穿白袍的湯川正在調整鋼管曬衣架的高度，那個曬衣架和瀨戶富由子家中的完全相同。

「喔，你已經在準備了啊。」

「你來得正好，我剛做完準備工作。在實驗之前，要不要喝一杯即溶咖啡。」

「不，不用了，馬上開始吧。」

「你這個人真是急性子。」湯川苦笑著，指著曬衣架說，「好啊，你懸在那根鋼管上試試看。」

「這樣嗎？」

草薙伸出雙手抓住了鋼管曬衣架，想要把兩隻腳懸空，但鋼管緩緩下降了。因為縱向的鋼管往下滑，所以他的雙腳還是沒有離地。

「搞什麼嘛，原來你把調整高度的螺絲拆下來了。」

「沒錯，那在你抓住鋼管之前，鋼管為什麼可以停在上面的位置呢？」湯川笑著問。

「我知道了，你一定裝了彈簧。」

「如果裝了彈簧，在你鬆手的同時，鋼管不是會回到原來的位置嗎？但你現在一看就知道，鋼管還是在下面。」

「真的欸。」草薙一隻手放在鋼管上向下壓，一下子就把鋼管壓了下去。「這是怎麼回事？」

「這就是機關。」

湯川從工作台上拿起一根數十公尺的棒子，中間的部分比較粗，比較粗的部分直徑大約五公分，比較細的部分大約三公分。

「這是什麼？是活塞嗎？」

「這個東西名叫阻尼器，你按一下那裡。」湯川把棒子較細那一端遞到草薙面前。

草薙用指尖推了一下，發現比較細的部分慢慢被推進比較粗的部分。

「好像在戳涼粉。」

「這是吸收震動的裝置。如果只是推動汽筒，並不需要太大的力氣，但無法很快推進去。裡面裝的是液體，這個裝置利用了液體的黏性。我們在水中的時候，動作不是比在空氣中緩慢嗎？兩者是相同的道理。」

「這個曬衣架裡也裝了你說的這個阻尼器嗎？」

「裝在縱向的鋼管裡，如果只是輕微的力道不會有變化，如果整個體重都壓上去，汽筒就會縮進去，鋼管就會向下壓。」

「喔喔。」草薙看著曬衣架，「瀨戶富由子就是打算利用這個嚇唬菅原，把繩子綁在鋼管上，然後假裝上吊自殺，但在繩子勒緊脖子之前，鋼管就會向下滑，所以腳就碰到地上，也就不會死了。」

「如果是惡作劇，這個機關很有趣。」湯川說：「因為被陽台的欄杆擋住了，所以對面看不到她的腳，也就看不到她的雙腳站在地上。雖然鋼管向下滑，但有一段距離時，在遠處往往無法察覺，更何況看到這一幕時會很緊張。」

「在事件發生的三天前，那個女孩看到的是實驗成功時的情況。」

「應該是這樣。」湯川點了點頭。

草薙經過確認後得知，菅原直樹那天晚上出差不在家，峰村應該去了菅原家，成為富由子彩排的觀眾，靜子當然也在一旁。

「但是，這個怎麼會失敗？根據你的推理，是峰村故意讓她失敗。」

「這就是峰村發揮他本領的地方了。」湯川像剛才一樣，把鋼管曬衣架調到最高的位置。「好，你再試一次看看。」

「和剛才一樣嗎？」

「沒錯。」

「這麼做到底有什麼意義？」

「你少說廢話，抓住鋼管。」
「老是要我做一些奇怪的事。」
草薙和剛才一樣，雙手抓住了鋼管，然後把雙腳懸空，他以為鋼管這次也會下滑。沒想到出乎意料的是，當他收起膝蓋時，腳尖竟然離開了地面。鋼管完全沒有下滑。
「咦？這是怎麼回事？」
「繼續保持這個姿勢。」湯川說完，按了手邊什麼東西的開關。
「哇！」草薙大叫一聲，鋼管和剛才一樣，緩緩開始下降。
「到底是怎麼回事？」草薙鬆開鋼管後問道。
「現在來試試這個。」湯川把剛才的阻尼器前端對著草薙，「你壓壓看。」
草薙用手指壓了一下，但汽筒完全不動。湯川又按了阻尼器旁的一個開關，汽筒立刻被推了進去。
「這是什麼機關？」
「是ER流體。」
「ER？」
「正式名稱為電變液流體，這種液體具有在電壓下，黏性會改變的特性，簡單地說，就是平時像牛奶一樣，在有電壓的情況下就變成像奶油一樣，繼續增加電壓，就會像結冰的冰淇淋一樣硬邦邦。」

「所以呢？」

「我剛才不是說，阻尼器內充滿了液體嗎？就是利用了這種黏性。正常的阻尼器就只是這樣而已，現在加了ER流體，而且改造成可以通電。結果會怎麼樣呢？你剛才已經體會過了，只要一個按鈕，就會變成完全不會縮短的棒子。」

「所以那個曬衣架上也有相同的機關嗎？」

湯川坐在工作台上，抱著雙臂。

「峰村英和在ER流體方面申請了很多專利，那是他拿手絕活。根據我的推理，他告訴瀨戶富由子，那是裝了普通阻尼器的曬衣架，傳授了假裝自殺的方法，但在富由子正式假裝自殺時，在她把脖子套進繩子之前，用遠距離操作電波的方式，讓阻尼器通電。」

「鋼管就無法下降，變成真的上吊自殺了嗎？」

「然後峰村趁管理員不在的時候再把機關帶走。你也看到了，這個東西的體積並不大，在警察抵達之前藏好並不是一件困難的事。」

「原來是這樣。」草薙低吟道，「你的推理很完美。」

湯川聽了，輕聲笑了笑。

「只是沒有任何證據，這只是假設峰村是凶手，而且是根據那個女孩看到的不是預知夢，而是真實發生的前提下，推理出這些內容，你們也沒有發現動機吧？」

草薙點了點頭，他知道自己皺起了眉頭。

「目前找不到瀨戶富由子和峰村之間的交集。」

「那就只能放棄了，我能做的也只有這些。」

「不，我不會放棄。聽了你的推理之後，我更有把握了。無論花多少時間，我都會找出真相。」

8

飯塚朋子拿了郵件回到七樓，遇到菅原靜子在等電梯，雖然她們平時幾乎不交談，但既然遇到了，總不能視而不見。

「妳好，要出門旅行嗎？」

朋子看到菅原靜子拎了一個很大的皮包，而且衣著打扮和臉上的化妝似乎都比平時更用心，所以這麼問。

「對，要去伊豆走一走。」

「是嗎？真不錯啊。」

「那我先告辭了。」菅原靜子說完，走進了電梯。

朋子心想，我們家應該暫時無法出門旅行，因為要先治好女兒的病。

回到家中，她立刻走去女兒的房間。

「媽媽，妳回來了。」女兒露出天使般的笑容向她打招呼。

「睡得好嗎？」

「原本睡著了，後來又醒了。」

「是喔。」

「媽媽，我又做了一個奇怪的夢。」

朋子聽到女兒這麼說，忍不住有點憂鬱。因為她無法忘記前一陣子的自殺事件，但她不動聲色地問女兒：「什麼夢？」

「隔壁的阿姨出門了。」

「隔壁的阿姨？」朋子想起剛才看到菅原靜子妝容整齊的臉。
「那個阿姨會掉下去。」
「掉下去？」
「嗯，和一個男人，一起掉進又深又黑的山谷。」
朋子內心湧起不祥的預感，但她甩開這些想法。
「忘了這些事，趕快睡覺。」說完，她為女兒蓋好被子。

完

☐集滿4個印花贈品（二款任選其一）：

A：【推理謎】LOGO皮質燙銀典藏書套一個
（黑色，25開本適用，限量1000個）

B：【推理謎】吉祥物『獨角獸』圖案皮質燙金典藏書套一個
（咖啡色，25開本適用，限量1000個）

☐集滿8個印花贈品（二款任選其一）：

C：【推理謎】LOGO皮質燙金證件名片夾一個
（紅色，11.5cm x 8.6cm，限量500個）

D：【推理謎】吉祥物『獨角獸』圖案環保購物袋一個
（米色，不織布材質，41.5cm x 38.6cm，限量1000個）

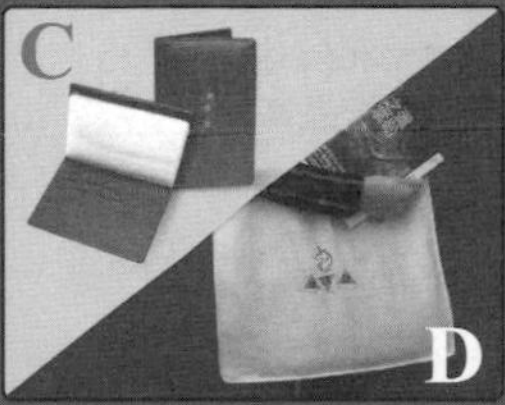

☐集滿12個印花贈品（二款任選其一）：

E：【推理謎】LOGO不鏽鋼繩鑰匙圈一個
（限量500個）

F：【推理謎】吉祥物『獨角獸』圖案馬克杯一個
（白色，320cc容量，限量500個）

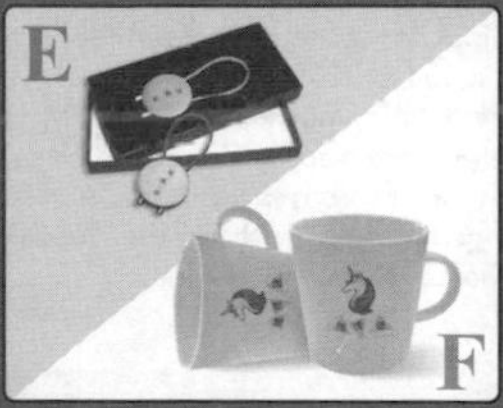

謎人俱樂部會不定期推出最新限量贈品提供兌換，
請密切注意活動官網和粉絲專頁。

?

【注意事項】
◎本活動僅限台灣地區讀者參加。
◎贈品兌換期限自即日起至2025年12月31日止（以郵戳為憑）。
◎贈品圖片僅供參考，所有贈品應以實物為準。
◎所有贈品數量有限，送完為止。如讀者欲兌換的贈品已送完，皇冠文化集團有權直接改換其他贈品，不另徵求同意和通知。贈品存量將定期在【謎人俱樂部】活動官網上公佈，請讀者在兌換前先行查閱或直接致電：（02）27168888分機114、303讀者服務部確認。
◎皇冠文化集團保留修改或取消謎人俱樂部活動辦法的權利。辦法如有更動，將隨時在【謎人俱樂部】活動官網上公佈。

國家圖書館出版品預行編目資料

預知夢 / 東野圭吾 著 ; 王蘊潔 譯. -- 初版. -- 臺北市 : 皇冠, 2020. 02
面; 公分. --(皇冠叢書; 第4821種) (東野圭吾作品集 ; 34)
譯自 : 予知夢
ISBN 978-957-33-3500-9 (平裝)

861.57 108020816

皇冠叢書第4821種
東野圭吾作品集34

預知夢

予知夢

作　　者—東野圭吾
譯　　者—王蘊潔
發 行 人—平　雲
出版發行—皇冠文化出版有限公司
台北市敦化北路120巷50號
電話◎02-27168888
郵撥帳號◎15261516號
皇冠出版社(香港)有限公司
香港銅鑼灣道 180號 百樂商業中心
19字樓1903室
電話◎2529-1778　傳真◎2527-0904
總 編 輯—許婷婷
責任編輯—平　靜
美術設計—王瓊瑤
著作完成日期—2000年
初版一刷日期—2020年2月
初版八刷日期—2024年6月
法律顧問—王惠光律師

讀者服務傳真專線◎02-27150507
電腦編號◎527031
ISBN◎978-957-33-3500-9
Printed in Taiwan
本書定價◎新台幣320元/港幣107元

謎人俱樂部贈品兌換卡

我要選擇以下贈品（須符合印花數量）：☐A ☐B ☐C ☐D ☐E ☐F

1	2	3	4
5	6	7	8
9	10	11	12

【個人資料蒐集、利用及處理同意條款】

您所填寫的個人資料，依個人資料保護法之規定，皇冠文化集團將對您的個人資料予以保密，並採取必要之安全措施以免資料外洩。您對於您的個人資料可隨時查詢、補充、更正，並得要求將您的個人資料刪除或停止使用。

本人同意皇冠文化集團得使用以下本人之個人資料建立該集團旗下各事業單位之讀者資料庫，做為寄送出版或活動相關資訊、相關廣告，以及與本人連繫之用。本人並同意皇冠文化集團可依據本人之個人資料做成讀者統計資料，在不涉及揭露本人之個人資料下，皇冠文化集團可就該統計資料進行合法地使用以及公布。

☐同意　　☐不同意

我的基本資料

姓名：＿＿＿＿＿＿＿＿＿＿

出生：＿＿＿＿年＿＿＿＿月＿＿＿＿日　　性別：☐男 ☐女

職業：☐學生 ☐軍公教 ☐工 ☐商 ☐服務業

☐家管 ☐自由業 ☐其他＿＿＿＿＿＿＿＿

地址：☐☐☐☐☐＿＿＿＿＿＿＿＿＿＿

電話：（家）＿＿＿＿＿＿＿＿　（公司）＿＿＿＿＿＿＿＿

手機：＿＿＿＿＿＿＿＿＿＿

e-mail：＿＿＿＿＿＿＿＿＿＿

我對【東野圭吾作品集】系列的建議：

寄件人：

地址：□□□□□

北區郵政管理局登
記證北台字1648號
免 貼 郵 票
〔限國內讀者使用〕

105020
台北市敦化北路120巷50號
皇冠文化出版有限公司 收